Seleta

Marcelino Freire

Seleta
Por pior que pareça

1ª edição

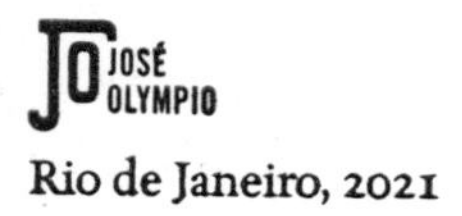

Rio de Janeiro, 2021

Xilogravura da capa: Ciro Fernandes

CIP-BRASIL. CATALOGAÇÃO NA PUBLICAÇÃO
SINDICATO NACIONAL DOS EDITORES DE LIVROS, RJ

F934p

Freire, Marcelino, 1967
Seleta – Por pior que pareça / Marcelino Freire – 1ª ed. – Rio de Janeiro : José Olympio, 2021.

ISBN 978-65-5847-052-6

1. Contos brasileiros. I. Título.

21-73348

CDD: 869.3
CDU: 82-34(81)

Camila Donis Hartmann – Bibliotecária – CRB -7/6472

Texto revisado segundo o novo Acordo Ortográfico da Língua Portuguesa.

Reservam-se os direitos desta edição à
EDITORA JOSÉ OLYMPIO LTDA.
Rua Argentina, 171 – 3º andar – São Cristóvão
20921-380 – Rio de Janeiro, RJ
Tel.: (21) 2585–2000.

ISBN 978-65-5847-052-6

Impresso no Brasil
2021

Para Bi.

Escreve a mão.

E a mão joga fora.

SUMÁRIO

Nota da editora

A Editora José Olympio, a mais tradicional do Brasil, teve papel fundamental na constituição da literatura nacional. Mais do que ter publicado os maiores escritores de nossa história, a editora atuou como um celeiro de novos nomes, além de ter funcionado como um local de célebres encontros ao ser também uma livraria. Fundada em 29 de novembro de 1931, a Casa — como a José Olympio era chamada por Carlos Drummond de Andrade e outros gigantes — completa 90 anos no mês de lançamento desta *Seleta*.

Marcelino Freire, um dos escritores mais importantes da atual literatura brasileira, é dono de uma obra consistente, inovadora, originalíssima. Um escritor premiado, celebrado, que não se esconde atrás do papel ou do recolhimento da escrita. Muito pelo contrário, Marcelino é um agitador cultural. Movimenta as estruturas do cenário literário brasileiro ao promover eventos, festivais, encontros e cursos. Marcelino é uma peça-chave na literatura nacional contemporânea. Sua obra merece ser estudada e reverenciada.

Entre as várias coleções lançadas pela José Olympio ao longo de sua história, merece destaque a Coleção Brasil Moço, dirigida por Paulo Rónai nos anos 1970. A coleção era composta de seletas dos maiores nomes contemporâneos, visando ao público estudantil ao reunir o melhor de cada autor ou autora em um só livro. A capa dos livros da coleção destacava o nome do escritor selecionado, um desenho que evocava o universo ali retratado e, como título, indicava apenas "*Seleta*". Com essa inspiração, encomendamos para este volume uma xilogravura do grande artista Ciro Fernandes, ambientado ao universo bodejante, agreste, de Marcelino.

A ideia de publicar a *Seleta* de Marcelino Freire vem não só da vontade de revisitar a história da editora, mas principalmente de homenagear a trajetória desse importante autor da Casa. Marcelino é dono de um estilo único, de uma prosa poderosa recheada de oralidade. Há muito ritmo e personalidade em suas frases. A cadência de seu texto ecoa nos leitores e leitoras mesmo após o fim da leitura. Se cada um dos tantos títulos publicados por Marcelino Freire tem sua notável relevância, publicar uma *Seleta* que reúna o melhor de sua obra é dimensionar sua importância. E é de impressionar ver tudo assim reunido. Fica evidente que Marcelino é um dos maiores prosadores de nosso tempo.

A convite da José Olympio, o próprio autor selecionou os contos da *Seleta*. O resultado é um livro-espelho, um retrato íntimo, profundo, de Marcelino Freire. Ao enviar o texto para a editora, Marcelino, bem a seu modo gaiato, anunciou: “Segue minha *Seleta*, *Por pior que pareça*.”

E assim sua *Seleta* ganhou subtítulo, *Por pior que pareça*.

Editora José Olympio,
novembro de 2021 —
ano do 90º aniversário desta Casa

Umas palavrinhas

Ô menino para escrever certas coisas. De onde tu tira isso? Do teu juízo? Onde já se viu?

"Totonha" foi escrito ainda no Recife. Ficou guardado um tempo.

"Muribeca" é dessa época também. Pensei no poeta Miró da Muribeca. E no bairro lá de Jaboatão dos Guararapes.

"Belinha" é o conto do qual mais gosto. Tem uma interpretação dele, na TV, feita por Walmor Chagas.

Muito conto ficou de fora. São muitos os filhos de "Darluz". Não tem espaço. Não escolhi aqui os melhores. Só alguns daqueles que as pessoas mais pedem para eu ler, falar sobre.

Os mais encenados também. "Da paz" virou um conto da atriz Naruna Costa. E de tantas outras atrizes que me escrevem pedindo para fazer. Ainda dói.

"Homo erectus" foi um aviso. Conto de temática gay não. Ninguém está cagando aqui, tá me ouvindo bem? Meu território é, sim, plural e colorido.

Vêm assim, nesta militância, nesta mesma contradança os cantos, cirandinhas, improvisos intitulados "A sagração da primavera", "A volta de Carmen Miranda", "Coração", "Júnior", "Amigo do rei", "Papai do *céu*", "União civil", "Nóbrega".

Esse "Nóbrega" ninguém pediu. Eu que gosto. Por pior que pareça. E as coisas têm piorado muito. Desde "Meu último Natal". É só dar uma circulada por aí. A cada dezenove horas uma pessoa LGBTQIA+ é morta no país.

"Linha do Tiro" é um bairro do Recife. Uma linha de ônibus também. Onde a narrativa acontece.

Quem te ensinou essas coisas, doido? Eta menino alesado! O que tanto tu olha para o telhado?

Essas misturas de falas são o que mais faço. Acho que esse meu jeito de prosear está costurado no "Ensaio sobre a prosa". O "Ensaio sobre a educação" é a minha vingança a esses programas de televisão. E a mim mesmo, que me pego assistindo a essas bostas.

Aliás, eu sempre digo: eu escrevo para me vingar. Escrevo sob violência. "Trabalhadores do Brasil" é mea-culpa também. Branco safado. Galego do Sertão de Pernambuco. Diz que diz, mas vive lá na Vila Madalena, em São Paulo, abestalhado, socado no "Solar dos príncipes".

Conversinha para boy dormir.

Pura encenação.

O "Ensaio sobre o teatro" é de onde tudo isso partiu. Eu escrevo pensando em um ator, uma atriz, uma cena...

Meu agradecimento a todos e todas e todes que deram, no palco, gestos aos meus verbos.

Aos mestres João Alexandre Barbosa, Plínio Martins Filho, muito obrigado.

À mestra Ilza Cavalcanti.

A todos os professores e professoras.

Aos parceiros e parceiras nesta estrada (Wilson Freire, primovéi, Raimundo Carrero, Jobalo, Adrienne Myrtes, Manu Maltez, Silvana Zandomeni, Thereza Almeida, Fabiana Cozza, Vanderley Mendonça, Evandro Affonso Ferreira, Nelson de Oliveira, Wellington Soares, Nelson Maca, Jorge Ialanji Filholini, Jarbas Galhardo).

Livia Vianna, editora da José Olympio, quem me pôs nesta enrascada. Escolha os seus melhores contos, faça a sua seleção para esta seleta.

E essa trepeça de menino serve para alguma coisa, mulher?

Por pior que pareça, os leitores e as leitoras que dirão.

Eu fiz o que pude fazer nesta "coleta seletiva" (expressão do querido escritor Sérgio Fantini). E continuarei fazendo.

Salve e salve e boa (re)leitura e beijabração.

Sem mais, até.

Marcelino Freire

MURIBECA

Lixo?

Lixo serve pra tudo. A gente encontra a mobília da casa, cadeira pra pôr uns pregos e ajeitar, sentar. Lixo pra poder ter sofá costurado, cama, colchão. Até televisão.

É a vida da gente o lixão. E por que é que agora querem tirar ele da gente? O que é que eu vou dizer pras crianças? Que não tem mais brinquedo? Que acabou o calçado? Que não tem mais história, livro, desenho?

E o meu marido, o que vai fazer? Nada? Como ele vai viver sem as garrafas, sem as latas, sem as caixas? Vai perambular pela rua, roubar pra comer?

E o que eu vou cozinhar agora? Onde vou procurar tomate, alho, cebola? Com que dinheiro vou fazer sopa, vou fazer caldo, vou inventar farofa?

Fale, fale. Explique o que é que a gente vai fazer da vida. O que a gente vai fazer da vida?

Não pense que é fácil. Nem remédio pra dor de cabeça eu tenho. Como vou curar quando me der uma dor no estômago, uma coceira, uma caganeira? Vá, me fale, me diga, me aconselhe. Onde vou encontrar tanto remédio bom? E esparadrapo e band-aid e seringa?

O povo do governo devia pensar três vezes antes de fazer isso com chefe de família. Vai ver que eles tão de olho nesta merda aqui. Neste terreno. Vai ver que eles perderam alguma coisa. É. Se perderam a gente acha. A gente cata. A gente encontra. Até bilhete de loteria, lembro, teve gente que achou. Vai ver que é isso, coisa da Caixa Econômica. Vai ver que é isso, descobriram que lixo dá lucro, que pode dar sorte, que é luxo, que lixo tem valor.

Por exemplo, onde a gente vai morar? Onde a gente vai morar? Aqueles barracos, tudo ali em volta do lixão, quem é que vai levantar? Você, o governador? Não. Esse negócio de prometer casa que a gente não pode pagar é balela, é conversa pra boi morto. Eles jogam a gente é num esgoto. Pra onde vão os coitados desses urubus? A cachorra, o cachorro?

Você precisa ver. Isso tudo aqui é uma festa. Os meninos, as meninas naquele alvoroço, pulando em cima de arroz, feijão. Ajudando a escolher. A gente já conhece o que é bom de longe, só pela cara do caminhão. Tem uns que vêm direto de supermercado, açougue. Que dia na vida a gente vai conseguir carne tão barata? Bisteca, filé, chã de dentro.

O moço tá servido? A moça?

Os motoristas já conhecem a gente. Tem uns que até guardam com eles a melhor parte. É coisa muito boa, desperdiçada. Tanto povo que compra o que não gasta. Roupa nova, véu, grinalda. Minha filha já vestiu um vestido de noiva. Até a aliança a gente encontrou aqui, num corpo. É. Vem parar muito homem morto, muito criminoso. A gente já tá acostumado. Quase toda semana o camburão da polícia deixa seu lixo aqui, depositado. Balas, revólver trinta e oito. A gente não tem medo, moço. A gente é só ficar calado.

Agora, o que deu na cabeça desse povo? A gente nunca deu trabalho. A gente não quer nada deles que não esteja aqui jogado, rasgado, atirado. A gente não quer outra coisa senão esse lixão pra viver. Esse lixão pra morrer, ser enterrado. Pra criar os nossos filhos, ensinar o nosso ofício, dar de comer. Pra continuar na graça de Nosso Senhor Jesus Cristo. Não faltar brinquedo, comida, trabalho.

Não, eles nunca vão tirar a gente desse lixão. Tenho fé em Deus, com a ajuda de Deus, eles nunca vão tirar a gente desse lixo. Eles dizem que sim, que vão. Mas não acredito.

Eles nunca vão conseguir tirar a gente desse paraíso.

BELINHA

Dizem que sempre falta uma palavra, e é verdade. Nesses anos todos eu sei que sim, que sempre falta uma palavra, é verdade. Verdade. Pois procurei por Belinha, depois de cinquenta anos, cinquenta anos, para dizer para ela essa palavra. Sempre falta uma palavra, verdade verdadeira. E eu fui para dizer para Belinha essa palavra.

Vesti meu terno, pus o chapéu e saí. Saí, fui. Como nos tempos em que era moço, feliz. Nos tempos em que me apaixonei por ela. Eu nunca pensei que um amor assim pudesse me deixar perdido, quase louco. Amor grande. Amor para sempre. Pois é. Vesti meu terno, pus o chapéu e peguei um ônibus até Santo Amaro. Sentou-se uma moça ao meu lado, e era uma moça bonita. Ah, e o perfume era muito bom, e eu conversei com ela, conversei muito com ela, muito, até chegar à casa para onde eu ia. A casa que vi construída. Que vi, tijolo por tijolo. Eu nunca morei nela, mas era lá que Belinha morava, casada com outro. Que teve filhos e teve netos. Que vive hoje sozinha e que nem sabe que eu vou lá, entrar naquela casa, que vou dizer o que tenho para dizer, depois de cinquenta, cinquenta anos, que sempre falta uma palavra. Uma única palavra, que vou levando com meu terno e meu chapéu. E uma agonia no coração, profunda. Profunda. Que sempre falta uma palavra. Era agora.

Desci no mesmo ponto, e o ônibus se foi. E o bonde se foi, não tem mais. Nem a paz daquela rua. Só reconheço a esquina em que eu ficava, no bar, entre um café e outro, a ver a felicidade de Belinha, a casa agitada, os filhos pela calçada. Dei balas e brinquedos para eles, escondido, que ela nunca me via. Ficou um mistério, foi. Mas, no fundo, no fundo, Belinha sabia quem era. Eu tenho certeza, não me engano. Ela sabia que eu é que dava balas e brinquedos escondido, nunca a abandonei, nunca deixei a vida dela sozinha. Que meu amor era eterno. Mas hoje ela vai ficar sabendo de uma vez. Eu vou dizer a palavra que eu guardei, que ficou engasgada durante cinquenta, cinquenta, cinquenta anos. Nos olhos de Belinha, é. Para ela saber. Saber de uma vez o que eu quero dizer, depois de cinquenta anos.

O portão é amarelo, meio aberto. Há cheiro de jasmim, o mesmo cheiro, meu Deus. A parede é amarela e meio aberta. A mesma parede. Eu fui invadindo, decidido como nunca. Mas eu sempre fui decidido. Fui moço forte, fibrento, de briga. No trabalho e na vida. Meu pai era assim e me ensinou. Mas o problema, posso dizer: foi ela. Belinha me deixou lento, sem força nenhuma. Sem decisão para resolver aquela situação. Eu a amava tanto, ela me amava tanto e casou com outro. Na minha cara, na frente do meu nariz. Casou por vingança, não sei. Por dinheiro, não sei. Por indecisão. Porque quis fazer outro destino. Foi o fim, o começo do meu desassossego. Fiquei inseguro, fraco, acabado de tudo. Meu fim, tão moço que era. Minha morte no mundo.

Bati fraco na porta, assim. Fraco. Mas não demorou muito para eu pensar em bater com todos os meus nervos na porta. E sacudir o nome dela. E tirar o chapéu porque eu havia suado muito. Um sol de muito tempo. Um sol antigo. Meu chapéu é quente. Meu chapéu e meu terno. O mesmo terno quente.

Disse o seu nome lá para dentro. A casa escura, sem abrir. "Belinha", como sempre tive vontade de dizer. Não gritei, só disse. Estava ali para dizer a palavra que faltava, que sempre falta uma palavra depois de cinquenta, mais de cinquenta anos.

Ela, ela.

Ela veio rastejando até a porta. Rastejando a sombra dos chinelos. Cansada e sozinha que ela estava. Veio e me olhou. Demorou olhando para mim. Olhou, olhou e me viu. O mesmo chapéu e o mesmo terno e o mesmo sol. Foi aí que Belinha me abraçou, abraçou. Meu Deus, Belinha me abraçou, me fechou naquela casa. Trancou. E era agora como nunca foi. Como nunca mais será. Uma palavra que ficou em mim, envelhecida e tratada. Pois é. Tratada como num coração de formol. De forma que resolvi dizê-la, ali mesmo da porta, sem entrar, não entrei, não sei, a mesma porta amarela, o mesmo jasmim, o mesmo jardim. Porque sempre falta uma palavra, depois de quarenta, cinquenta, sessenta anos, não sei. Sempre faltará uma palavra.

Ela disse que ouviu dizer de minha vida, sim. De mulheres, de famílias. Mentira. Que eu tive filhos. Mentira. Que eu tentei me matar. Mentira. Mesmo a morte eu esperava morrer com ela. Todo o tempo havia esperança, havia. Esperança. Eu tinha pressa, depois de cinquenta anos eu tinha pressa. Ela me mandou sentar, tomar um café. Não quis. Passou a vontade, como passageira. Esperou eu falar. Pois é. E só depois de cinquenta anos, cinquenta anos ou mais, olhando para o fundo da boca, das mãos, dos olhos dela, no mesmo portão, porta amarela, com o cheiro de jasmim, eu disse a palavra, a palavra que faltava, que sempre falta uma palavra.

Falta.

HOMO ERECTUS

Sabe o homem que encontraram no gelo? Encontraram no gelo da Prússia? Enrolado? Os arqueólogos encontraram no gelo gelado da Prússia? Perto das colinas calcárias da Prússia? O homem feito um feto gelado, com sua vara de pesca? Sabe o homem que encontraram? Com seu machado de pedra?

O homem que tinha cabeleira intacta? A arcada dentária?

O homem meio macaco? Funerário? Fossilizado na encosta que o engoliu? No tempo perdido?

Você viu? Tetravô dos mamíferos do Brasil? O homem-vestígio?

O homem engolido pela terra primitiva? Da Era Quaternária, não sei? Secundária? Que caçava avestruz sem plumas? Caçava o cervo nas turfeiras? Javali e mastodonte? Ia aos mares fisgar celacanto?

Inimigo de rinoceronte?

Sabe desse homem? Irmão do Homem de Piltdown? Primo do Homem de Neandertal? Do velho Cro-Magnon? Do Homem de Mauer? Dos incas, até? Dos Filhos do Sol? Dos povos da Guiné?

O homem de cem mil anos antes de nossa era? Ou mais? Um milhão de eras? Homem com mandíbula de chimpanzé? Parecido com o mais terrível dos répteis carnívoros do Cretáceo? Um mistério maior que este mistério? Navegador de jacaré?

Não sabe?

Homem desenterrado por acaso? Pelos viajantes, por acaso? Pela paleontologia, não sabe? Visto nas costelas frias da Prússia, repito? Prússia renana, vá saber lá o que é isso?

O homem ressuscitado, você viu na TV? De ossos miúdos? Esmiuçados? Abertos para estudo? À visitação nos museus norte-americanos? Como uma múmia sem roupa? Quase? Flagrada como se estivesse dormindo nas profundezas do mundo oceânico? O homem embrionário? Das origens cavernosas da humanidade? Sabe esse homem, não sabe? Pintado nas cavernas da Dordonha? Mesolítico? Nômade? Perdido?

Esse homem dava o cu para outros homens.

E ninguém — até então — tinha nada a ver com isso.

DARLUZ

Dei José, dei Antônio, Maria, dei. Daria. Dou. Quantos vierem. É só abrir o olho. Nem bem chorou, xô. Não posso criar.

É feito gato, não tem mistério. É feito cachorro na rua, rato no esgoto. Moço, quem cria? É fácil pimenta no cu dos outros.

Aí vem a madame, aí vem gente dizer: arranje um trabalho. Arranje você. Me dê o trabalho, agora. Não sei ler, não sei escrever, não sei fazer conta: José, Antônio, Maria, Isabel, Antônio. Dou nome assim só pra não me perder. Quem mais? Evoé, Evandro. Agora chamem como quiserem. O filho depois ganha vida importante. Sei de um que até é doutor sei-lá-de-quê, eu estou pouco me lixando.

Menino é para largar mesmo. Agora dizer que dá um peso no peito, a consciência chumbada, que nada, não tem essa. Vem você morar nesse buraco. Vem você dar um jeito no mundo, repartir seu quarto. Nunca. Esse olho é irmão desse. Veja Maria, pôs Jesus no mundo, filho do Espírito Santo. O pai largou.

Você viu como José sumiu, se evaporou? Maria é que foi lá, no pé da cruz, se arrepender. Eu, não. Eu quero mais é distância. Você ter filho chorando, no seu pé. Fome, tá escutando? Fome. O que você faz com a fome, tem remédio?

Agora é fácil opinar nesse bê-á-bá. Sei que quando morrer não vou para o inferno, já estou aqui. Só saio daqui para outro canto. Falo isso para o Altamiro, ele ri. Meu quarto marido, o Altamiro. Porra de marido. Só tem homem vagabundo no mundo. Por isso salvo os meninos. Faço mais do que o governo faz. Faço e dou destino. Dou, dou, dou.

Vendi a Beatriz no farol. A moça que comprou chorava de dar dó, um nó. A moça do carro abriu o vidro, o marido pagou e zum. Para nunca mais, como um vento. Para nunca mais, um esquecimento. Cicatrizo tudo, entende? Meu corpo está vacinado. Agora a mulherada de hoje, na frescurinha. Ultrassom, escutar a batidinha do coração. Dão muita importância para o amor. Amor, quem me deu? Altamiro, esse porco? Já viu amor entre porco, entre sapo, entre pombo? Aí dizem que o pombo é bonito porque o pombo se empomba, porque o pombo corre atrás da pomba. Fico só vendo esse derramamento. Bom é pombo assado e pronto. Pombo melhor do mundo. Pombo para necessidade e acabou.

Dizer que ninguém abandona ninguém, que toda mãe é mãe até o fim, tá aqui, ó. Sou mais mãe que muita mãe por aí. Leva o filho para a escola e abandona. Leva o filho para o shopping e abandona. Para a puta que pariu e abandona.

Pelo menos fui corajosa, não fui? Tive peito, não tive? Fala. Quem assume essa postura, qual o filho da mãe? Vai, diz. Quem, menina?

Agora deixar florzinha morrer murcha. Já vendi até leite do peito, você acredita? Vendo. Teta, treta, entende? Alimentei aí um bichinho que a mãe não quis dar pra ninguém. Fica ali, agarrando o filho na miséria, pode? Peito tá morto, não tem leite? Eu dou, mas cobro. Troquei por um sofá, não lembro. Fiz negócio. Quero ver quando essa peste crescer, quero ver. Só de saber que meu leite ajudou esse diabo a se foder.

E tem mais. Todo mundo é solidário. Mas na hora, olha, o povo é foda. Vem aconselhar pílula, distribuir planejamento. Quero saber o que fazem com nosso sofrimento.

Vai, quem diz? Quem já foi infeliz?

A moça do carro, a moça que levou Beatriz, chorava naquele momento. Mas hoje é hoje. Hoje é outro tempo.

Agora esse filho de uma jumenta vem pra cima de mim, o Altamiro. Marido merda, entende? Vem aqui, tira o caralho do corpo, bêbado. Eu aguento. Tenho mais pena do caralho dele do que de José, Antônio, Paulo, Juscelino. Melhor que ter filho morto, tenho esse orgulho. Todos nasceram vivos.

Dou, dou, dou, Altamiro.

A VOLTA DE CARMEN MIRANDA

Beijar na boca outro homem? Na língua? Essa depravação? Pra todo mundo saber? O quê? Não.

Meu tempo era outro tempo.

Beijava-se escondidinho outro homem. Assim, no Joaquim. Ninguém saía passeando com o namorado, para cima e para baixo, para cima e para baixo. Era tudo muito mais romântico. No meu tempo.

A gente ia para boate americana, ia ver cinema aqui no Centro. Se tinha sacanagem, era só pra gente. Viado caçava ouvindo grito de Tarzã. Filme mudo, baixinho. Preto no branco. Ia muito nordestino. De manhã, no banco do parque, uma masturbação. A gente sabia usar a mão. E não tinha medo de ladrão, assalto de relógio. Ninguém responde mais que horas são.

O mundo está diferente. Você liga a televisão, aquele Carnaval. Febre de silicone, não. Não entendo. Apresentadora perguntando: "Qual o tamanho do seu pau?" Uma esculhambação. Bunda em banca de jornal. Você viu quem saiu nu? O jogador do Cruzeiro do Sul. Já namorei um jogador, o Edvaldo. Campeão do Brasil, o Edvaldo. E ninguém desconfiou. Ele até era casado. Tricolor. Saudades do Edvaldo. Hoje ele ganharia uma bolada. O pau e as coxas do Edvaldo, o pau e as coxas do Edvaldo.

Meu Deus era grego. Antigamente havia amor verdadeiro. Havia, sim. Tinha mais poesia o encontro. Os meninos enfiados na praia. A gente sentado na pedra, em Olinda. Piscando para pescador. Quem caísse na rede, aquele abraço. Não havia juventude desregulada, cabeça raspada, cuspindo chute para todo lado. A paz da paz, entende? E mais nada.

Como? Passeata? Que merda de passeata?

A gente não precisava dizer que era pederasta, entende? Levantar bandeira, entende? A gente era porque era e pronto. Acontecia, de repente. Os meninos na escola, nas aulas de teatro. Os vizinhos no maior grude, bola de gude, queimado. Esconde-esconde na praça. Saudades imensas, que eu sinto, do primário, do ginásio, da faculdade. A viadagem não era aglomerada. Todos unidos pela causa, não tinha isso. O maior desfile gay que havia, sabe qual era? O desfile militar, pela Independência. Com a bandeira do Brasil. E os canhões. E os cavalos. E os heróis aposentados.

Já fui muito a quartel, meu caro. Dei pra coronel, chupei culhão de recruta. Desculpa, mas antigamente havia poesia em chupar culhão de recruta, de seminarista. Engolir esperma de marinheiro. Tranquilo fim de tarde à beira da praia de Piedade.

Saudades do bom banheiro público.

Sabem o que eles fazem hoje? Vão ao shopping. Fazem fila em mictório de shopping. Pode? Nunca chuparia ninguém em um shopping. Nem que fosse o Edvaldo, ressuscitado. Mais vale o mercado municipal, mais vale a putaria da praça da República. Viva a praça da República. Não essa que vive aí, morta.

Outro dia passei por lá. Você viu o estado em que aquilo está? Por que então os grupos não se organizam e limpam, limpam, limpam? Sugam o mijo escroto daquele lugar? Educam o povo? Não dá nem para sentar, acredita? Nem para sentar.

Os viados pioraram.

Não sei, estou ficando velho, vão dizer que estou esclerosado. Uma bicha recalcada. Mas não aguento, sinceramente não aguento. Muito tempo atrás, entende? Existia mais sentimento.

Ah, nos tempos do Simonal. Falo de um amigo meu, o Simonal. Não o cantor, não. Mona Simonal, ele. "Taí, eu fiz tudo pra você gostar de mim. Oh, meu bem, não faz assim comigo não." Eu gostava do Simonal. Carmen Miranda era o Simonal, esse sim. Não essas drags que andam por aí, tadinhas. Enfeitadinhas. Sei de uma que até morreu asfixiada com purpurina. Os poros não respiraram. O fim.

Nem precisava de tanta banana, o Simonal. Eu era apaixonado pelo Simonal. Eu queria o Simonal só para mim mas não deu. Não deu. Simonal morreu. Se ele estivesse aqui, tudo teria um outro colorido, entende? Nosso arco-íris seria diferente. Mataram o arco-íris na maior cara de pau.

Quantas vezes corri com os moleques para ver o arco-íris. Aquele mistério no coração dos meninos. O arco-íris no Nordeste do Brasil. Acho que o mundo caiu doente e eu fui junto. Triste, triste. Morro e não me conformo. Ser homossexual no meu tempo era outra história. Não como agora, essa perdição.

Não como agora, essa falta que a alegria nos faz.

Alegria, entende, meu rapaz?

PAPAI DO CÉU

Papai chegou e meu coração pulou o coração de papai e papai me abraçou e mamãe tinha saído para a casa da titia e a titia mora lá em Carapicuíba e a titia cria galinha e o titio é engraçado porque o titio tem um bigode do tamanho de uma vassoura e a vassoura é do tamanho do papai e o papai é magro que nem uma vassoura e o papai foi logo tirando a bota e tirou a camisa e tirou a calça e jogou tudo no chão e eu vim correndo abraçar o papai e papai quase me mata quando me abraça e papai vive cheirando a cigarro e mamãe diz que não gosta de cigarro e diz que papai vive cheirando a bebida e vive cheirando a cerveja e vive cheirando a cachaça e vive cheirando a cigarro e um dia mamãe disse que ele vive cheirando a mulher e disse que ele vive cheirando a puta e eu já ouvi ele chamar mamãe de puta e eu achei engraçado papai chamar mamãe de puta e um dia eu chamei mamãe de puta e mamãe não achou engraçado eu chamar mamãe de puta e eu vi mamãe reclamar com papai e papai reclamou comigo porque eu chamei mamãe de puta mas ele vive chamando mamãe de puta e eu nunca mais chamei mamãe de puta mas já ouvi outra vez papai chamar mamãe de puta aí eu não entendi por que eu não posso chamar mamãe de puta se papai ele chama mamãe de puta e mamãe diz que puta é a mãe dele e eu não sabia que a mãe de papai era puta mas eu não quis chamar vovó de puta porque eu logo pensei que ela ia reclamar com mamãe que eu chamei vovó de puta porque só mamãe pode chamar vovó de puta porque eu nunca vi papai chamar vovó de puta um dia eu quero ter uma irmãzinha para chamar ela de puta mamãe disse que não queria me dar uma irmãzinha e eu acho que mamãe não quer me dar uma irmãzinha porque não quer que eu chame minha irmãzinha de puta e eu disse para papai que mamãe foi em Carapicuíba e eu fiquei na casa da vizinha e a vizinha eu nunca vi papai chamar de puta nem minha mãe chamar ela de puta e ninguém chamar ela de puta eu não vou chamar também ela de puta e papai perguntou se eu tinha tomado banho e eu falei que já tinha tomado banho mas não adiantou dizer que eu já tinha tomado banho porque ele disse que eu devia tomar banho de novo que eu não tinha tomado banho direito e eu devia ter tomado outro banho papai disse que eu devia tomar banho direito e me levou para o banheiro e papai me pendurou nas costas dele e me levou para o banheiro e eu vi o banheiro lá de cima das costas dele e vi o chão do banheiro e pisei no chão do banheiro e tirei a minha roupa e corri para o chuveiro e papai correu para o chuveiro e a gente correu para o chuveiro e eu fui tomar banho direito e papai foi tirar aquele cheiro de cigarro que mamãe diz que ele tem cheiro de cigarro e mamãe diz que ele tem cheiro de mulher e mamãe diz que ele tem cheiro de cachaça e mamãe diz que ele tem cheiro de puta e papai disse que ia tirar aquele cheiro de mamãe fazendo espuma e a vizinha disse para eu usar xampu da Mônica e eu passei xampu da Mônica mas eu não gosto de xampu da Mônica porque papai não gosta de xampu da Mônica ele só usa um sabonete azul que faz uma espuma branca que faz um monte de espuma branca que papai vive me mostrando a espuma branca e ele coloca a espuma no umbigo e me mostra o umbigo cheio de espuma e me mostra a espuma na bunda e papai fica engraçado com aquela espuma branca na bunda e fica engraçado com aquela espuma escorregando com aquela espuma gorda escorregando e papai diz que a espuma tem gosto bom mas eu não acho que a espuma tem um gosto bom mas papai diz que a espuma tem um gosto bom como o gosto da nuvem lá de cima igual ao gosto da nuvem lá de cima que a nuvem tem um gosto bom lá de cima e papai diz que a espuma branca tem o mesmo gosto da nuvem branca lá de cima e papai coloca a espuma branca na boca e lambe a espuma branca e diz que está lambendo a nuvem lá de cima do céu onde existe avião lá de cima do céu onde existe balão lá de cima do céu onde existe urubu nu papai diz que é bom lamber a nuvem branca e papai pega e lambe a nuvem branca porque tem o mesmo gosto da espuma branca e ele solta uma bola da espuma branca e pede para eu colocar a espuma na língua e colocar a espuma na minha cara e colocar a espuma no meu peito e colocar a espuma na minha bunda e a espuma branca escorrega na minha bunda e papai faz assim na espuma papai faz xixi na espuma e o chuveiro faz xixi e tudo faz xixi na espuma e papai pede para eu colocar xixi na espuma branca e eu coloco xixi na espuma branca na nuvem branca do papai e na nuvem branca que fica na minha bunda branca e na bunda branca do papai e papai sorri e eu também fico sorrindo pensando que quando papai toma banho papai não fuma e mamãe deve gostar de papai tomando banho e deve gostar da espuma branca do papai da nuvem branca lá de cima e do papai fazendo xixi na nuvem branca e ele sempre promete que depois do banho ele sempre promete que depois da espuma e ele sempre promete que depois da nuvem a gente vai jogar bola e papai diz que ele vai me levar para jogar bola e ele sempre diz que vai me levar para jogar bola e eu fico esperando papai me levar para jogar bola e ele diz sempre assim que a gente vai jogar bola Fernando a gente vai jogar bola Fernando e eu fico sonhando que a gente vai jogar bola porque eu gosto de jogar bola porque eu gosto muito de jogar bola eu só não gosto do xampu da Mônica e não gosto quando mamãe demora em Carapicuíba na casa da minha tia em Carapicuíba porque papai fica um tempão fazendo espuma e a gente acaba não jogando bola e eu gosto mesmo é de jogar bola não gosto do gosto da nuvem branca não gosto do gosto da espuma branca que papai espuma.

A SAGRAÇÃO DA PRIMAVERA

Ele, o bailarino, esteve em minha casa ontem e mais uma vez não quis dançar. Ai, por quê? Eu insisti, bla-blá. Tímido, ele ficou com as pernas amarelas e cruzadas, a posição do medo. Medo de quê, Nossa Senhora, de quê? Somos todos amigos. O sarau que realizamos prova isso. O povo à vontade, o povo sem maldade, o povo um povo só sensibilidade.

O bailarino ali, cheio de dedos. Que mistério, anda logo. E ele se desculpava, a gripe paralisante, não ensaiou um número. Ora, qualquer passo. Marinalva, por exemplo, já tinha dado a sua contribuição com um poema de seis linhas, horroroso, a gente projeta o ânimo no violão de Gustavinho, eu não acho Gustavinho gostoso.

A verdade, muito cá pra nós, é que fui me apaixonando pelo bailarino.

Isso mesmo, criatura. Ele, no seu canto, nenhum gole de vinho. Água sem gás, a cor das unhas. O homem ao natural, o homem sem pelo, o homem com cheiro de mulher. Ele parecia um espelho, algo bom que a gente só encontra dentro do espelho. Sei que esse papo tá meio viado, mas eu não tenho preconceito. Comecei a me mexer na cadeira, a ficar nervosa, a me sentir uma assassina de cisne. Tesão por cisne. Meu Pai, eu quero comer um cisne hoje. Cozido.

— Hoje não.

Ele não queria. Eu querendo ver o bailarino rodopiando, os pés, os braços feito cata-vento. Não tinha jeito que o fizesse mudar de estratégia. Não e não e não.

Eu via o bailarino como um cavalo azul. O quê? Ai, feito um cavalo azul. Comentei com Mayara, Mayara comentou que eu precisava era de um homem como Gustavinho, sensível, dedilhando viril as músicas do Brasil. Todo bailarino é boiola, menina. Bailarino, uma bailarina. Plumosa. O vento bate na pluma e a pluma pluma.

— Ai, que bunda!

A do bailarino quando se levantou e foi à cozinha. Eu fui atrás como uma cachorrinha. Mayara me beliscou, Mayara não se conformava. Mayara não entende que a vida não é nada macha. A vida é feminina.

— Preciso ver você dançar.

— Aqui não é o lugar.

O lugar é o quarto, pensei. O bailarino nu, nuzinho ao meu lado, toda a mulher que eu gostaria de ser. Mulher amada. Mulher deitada como uma flor, a esposa do amor. O toque do cabelo à ponta dos pés. Meu único amor. O lençol girando, sedutor. Meus olhos embriagados, sem saber o que dizer, falei:

— Vi os russos na TV.

— Russos?

Sim, russos. Nunca ouvi falar de bailarinos norte-americanos. Tem Fred Astaire. Mas Fred Astaire era feio, baixinho, ninguém chega aos pés do homem dos meus sonhos. Sonhos. Fred Astaire é engano, parecia muito mais um sul-americano. Gustavinho veio à cozinha, comentou: "Como tem homossexual nesse sarau."

O quê? Bato na cara desse cachorro. Cara de pau. De que adianta ser cara de pau? Por que tudo tem de ser cara de pau? Meu bailarino sorriu e zarpou, de fininho. Meu coração é um coraçãozinho.

— Vai tomar no olho do seu cu.

Mandei o Gustavinho tomar no olho do cu. Pau-mandado. Nunca vou me apaixonar por você, seu viado.

Você, você.

O bailarino me fez lembrar um garoto da minha rua. Eu vestia a roupa dele e ele vestia a minha. Eu arranjava uma barba mínima, ele fazia uma cabeleira com o lençol, subia árvores com a minha calcinha. Éramos os dois uns oito, nove anos. Um dia nos beijamos. Ele minha mulher. Eu, o médico, examinando o pau que ele escondia, fazia sumir dentro das perninhas. Que coisa bonitinha. Eu beijava a sua teta. Eu, a banana. Ele, a Carmen Miranda.

— Nijinski.

— Hã?

— Você já ouviu falar de Nijinski?

Perguntei para Mayara outro dia. Ela estava lá em casa, como sempre, roubando coisas da minha geladeira, dando uma de conselheira, mexendo a colher na sopa alheia.

Respondi:

— Nijinski nasceu russo, em 1890, e morreu em Londres, aos cinquenta anos. Aos dez, entrou para a escola de balé. Dançou ao lado de Pavlova. Você já ouviu falar em Pavlova?

— Pavlova?

— Anna Pavlova.

Qual mesmo a diferença entre Anna Pavlova e Ana Botafogo? Pesquisei a vida de Nijinski — e gritei da sala quando descobri. Meu Deus, Mayara ficou pasma com o que descobri: Nijinski foi casado.

Foi casado com uma mulher chamada Romola de Pulski. Foi ela quem publicou o diário em que ele registrou os primeiros sinais de enfermidade metal etc. e tal.

Mayara riu que chorou. Mayara me ama, eu sei. Não é possível que lhe faça bem me ver baqueada, arrasada com comentários do tipo: "Ninjinski morreu doida", ou "Bichinha complicada".

Mandei Mayara à merda.

Tive uma ideia: inventei que precisava de aulas de respiração, isso, aulas de respiração. Meu abdome estava em contramão, essas coisas loucas.

O bailarino topou. Marcou comigo às seis e meia para um primeiro papo e não deu as caras e bocas. Metido, vai ver que percebeu o meu interesse exacerbado, eu já amo de imediato. Mayara mor-ria: eu precisava era de um garanhão como Gustavinho. Eu tinha que entender mais de música popular, fazer aulas de violão. Engolisse a respiração. Aulas de violão, querida, vi-o-lão.

E o bailarino a essas alturas, onde andaria? Quebrarei nozes na cabeça desse porra, o que ele está pensando? Marcar comigo e não aparecer.

Eu pensando nele, roendo na memória o garoto da minha rua: o nome dele.

O garoto da minha rua, qual era mesmo o nome dele? Não tive mais notícias do garoto da minha rua. A minha rua foi para a lua. O garoto deve ter ido para a Itália.

Deve ter se prostituído. Deve ter morrido. O meu amor pelo bailarino nem havia nascido. Mayara tem uma razão terrível: todos os homens são iguais. Ou. Todos os bailarinos. Mayara me ama mais que o bailarino. Não, não vou dar meu ouvido a Mayara. Mayara é sapatão, não duvido. Sapatão contra a sapatilha.

É isso. Não sei mais o que fazer da minha vida.

Ele não vem.

Dancei.

O balanço do telefone me acordou. Ai, era ele, o bailarino. Ai, era ele, me despenteando. Ai, era ele, me levando pela mão, pedindo os sinceros pedidos de perdão, o balé municipal que o prendeu, véspera de temporada, mas que ele marcaria uma nova data, que não poderia dar aulas demoradas, mas prometeu alguns truques para melhor aproveitamento do meu corpo, que já era dele — meu corpo para pisar, saltar, beijar, fazer dos meus peitos e joelhos o que seu improviso pudesse articular.

— Você já ouviu falar em Irina Baronova?

Mayara disse que não.

— E Alicia Markova, Galina Ulanova?

Não.

Mayara moscou.

Fui pesquisar: descobri que o garoto da minha rua virou Susan Star.

Fui vê-lo dançar na praça da República — uma boate gay da praça da República. Todos tinham olhos para mim quando entrei: todos queriam saber o que eu fazia ali. Nem eu sabia.

Fui rever o garoto da minha rua. Seu pé arqueava, o tornozelo estreito e flexível. Projetava o corpo a uma boa altura. Os homens fumavam.

A boate tem uma flor imensa na porta do banheiro. Há girassóis coloridos. O seu nome: Alê. Lembro: Alê. É uma merda — o garoto da minha rua virou mulher sem a minha ajuda. Vi o show que ele fez, aplaudi, pensei no Balé Bolshoi, broxei, minimizei a minha vida: nunca quis ser uma estrela. Nunca quis ser mais do que fui. Me aproximei: o que dizer para Alê? Dizer de minha alegria. Fui ao camarim. Alê, lembra quando eu me vestia de você? Chorei, abracei-me no espelho. Fomos tomar caipirinha. De vodca. Quanto tempo, quanta coisa que demora a acontecer. Não me chame mais de Alê, amiga, tá? Me chame de Susan Star.

Você, você.

O bailarino voltou, mas não para as aulas de respiração, eu ofegante por ele. Ele voltou num daqueles nossos encontros, Gustavinho, babaquinho, tocando "Ai, que linda namorada você poderia ser", Marinalva recitando uns três poeminhas de seis linhas cada, horrorosos, e eu violentamente apaixonada pelo meu dançarino, o que faço? Todo sarau é um saco. Por que todo sarau tem que ser um saco? Por que tudo tem que ser um saco? Por que não abro escala e me despedaço?

— Encontrei seu bailarino agarrado com outro cara — disse Mayara.

— Invejosa.

— Aos beijos.

— Invejosa.

— Numa boate.

— Invejosa.

Mayara gritou, bêbada:

— Hoje o superbailarino vai dançar para nós.

Um porre. Mayara era invejosa. Quis criar vexame, não deixar eu curtir em paz a minha paixão fugaz e superlativa. Viva, viva. Ele topou. O bailarino levantou calçado a rigor, a bunda firme. E dançou. Dançou. Um gozo esse nosso entusiasmo, a vida merece o prazer dessas horas. Amar a quem encanta — mais que violão, mais que mosca morta. Mayara igualmente hipnotizada. Pulsávamos todos.

Ai, o meu desejo é leve e vai com ele. O desejo vai ao céu. Faria tudo, me cortaria aos seus pés, me perpetuaria em sua escrava. Faria miséria para ser feliz. Meu homem num brilho azul, festim, num cavalo galopante, amor, amor.

O quanto eu aplaudi, mandei beijos, chorei, chorei, oh. Exaltei a cultura de nosso país, da América Latina, menina, o estado desumano em que a Rússia se encontrava, o cu da praça da República.

— Lindo, lindo, mas que é bicha é bicha — Mayara gritou no meio de todo mundo.

Não acreditei. Fui aos tapas. Ninguém entendeu a confusão generalizada. Porra, será que meu coração não pode ser enganado? Que meu coração sabe tudo? Por que meu coração não pode se sentir atraído pela Susan Star, caralho? Ou pela Isadora Duncan, por exemplo?

Há quanto tempo. Contei para Susan Star meu sofrimento.

Os homens fumavam os olhos uns dos outros. A boate era mesquinha para o seu talento. Susan Star, um deslumbramento. Não sei. Saímos pela praça, de mãos dadas. Preparei um passo, um gesto, uma proximidade infinita. Num voo o conquistaria.

Nunca vi seus olhos de tão perto, maquiados, assim, como se fossem feitos para mim. "Eu quero comer você." Eu mais uma vez ia virar o homem do garoto da minha rua.

Meu amor cega como purpurina. Purpurina cega. Purpurina pura.

TRABALHADORES DO BRASIL

Enquanto Zumbi trabalha cortando cana na Zona da Mata pernambucana Olorô-quê vende carne de segunda a segunda ninguém vive aqui com a bunda preta pra cima tá me ouvindo bem?

Enquanto a gente dança no bico da garrafinha Odé trabalha de segurança pega ladrão que não respeita quem ganha o pão que o tição amassou honestamente enquanto Obatalá faz serviço pra muita gente que não levanta um saco de cimento tá me ouvindo bem?

Enquanto Olorum trabalha como cobrador de ônibus naquele transe infernal de trânsito Ossonhe sonha com um novo amor pra ganhar um passe ou dois na praça turbulenta do Pelô fazer sexo oral anal seja lá com quem for tá me ouvindo bem?

Enquanto rainha Quelé limpa fossa de banheiro Sambongo bungo na lama e isso parece que dá grana porque o povo se junta e aplaude Sambongo na merda pulando de cima da ponte tá me ouvindo bem?

Hein seu branco safado?

Ninguém aqui é escravo de ninguém.

SOLAR DOS PRÍNCIPES

Quatro negros e uma negra pararam na frente deste prédio.

A primeira mensagem do porteiro foi: "Meu Deus!" A segunda: "O que vocês querem?" ou "Qual o apartamento?" ou "Por que ainda não consertaram o elevador de serviço?".

"Estamos fazendo um filme", respondemos.

Caroline argumentou: "Um documentário." Sei lá o que é isso, sei lá, não sei. A gente mostra o documento de identidade de cada um e pronto.

"Estamos filmando."

Filmando? Ladrão é assim quando quer sequestrar. Acompanha o dia a dia, os costumes, a que horas a vítima sai para trabalhar. O prédio tem gerente de banco, médico, advogado. Menos o síndico. O síndico nunca está.

— De onde vocês são?

— Do Morro do Pavão.

— Viemos gravar um longa-metragem.

— Metra o quê?

Metralhadora, cano longo, granada, os negros armados até as gengivas. Não disse? Vou correr. Nordestino é homem. Porteiro é homem ou não é homem? Caroline dialogou: "A ideia é entrar num apartamento do prédio, de supetão, e filmar, fazer uma entrevista com o morador."

O porteiro: "Entrar num apartamento?"

O porteiro: "Não."

O pensamento: "Tô fodido."

A ideia foi minha, confesso. O pessoal vive subindo o morro para fazer filme. A gente abre as nossas portas, mostra as nossas panelas, merda.

Foi assim: comprei uma câmera de terceira mão, marcamos, ensaiamos uns dias. Imagens exclusivas, colhidas na vida da classe média.

Caroline: "Querido, por favor, meu amor." Caroline mostrou o microfone, de longe. Acenou com o batom, não sei.

Vou bem levar paulada de microfone? O microfone veio emprestado de um pai de santo, que patrocinou.

O porteiro apertou os apartamentos 101, 102, 108. Foi mexendo em tudo que é andar. Estou sendo assaltado, pressionado, liguem para o 190, sei lá.

A graça era ninguém ser avisado. Perde-se a espontaneidade do depoimento. O condômino falar como é viver com carros na garagem, saldo, piscina, computador interligado. Dinheiro e sucesso. Festival de Brasília. Festival de Gramado. A gente fazendo exibição no telão da escola, no salão de festas do prédio.

Não.

A gente não só ouve samba. Não só ouve bala. Esse porteiro nem parece preto, deixando a gente preso do lado de fora. O morro tá lá, aberto 24 horas. A gente dá as boas-vindas de peito aberto. Os malandrões entram, tocam no nosso passado. A gente se abre que nem passarinho manso. A gente desabafa que nem papagaio. A gente canta, rebola. A gente oferece a nossa Coca-Cola.

Não quer deixar a gente estrear a porra do porteiro. É foda. Domingo, hoje é domingo. A gente só quer saber como a família almoça. Se fazem a mesma festa que a nossa. Prato, feijoada, guardanapo. Caralho, não precisa de síndico. Escute só. A gente vai tirar a câmera do saco. A gente mostra que é da paz, que a gente só quer melhorar, assim, o nosso cartaz. Fazer cinema. Cinema. Veja Fernanda Montenegro, quase ganha o Oscar.

— Fernanda Montenegro não, aqui ela não mora.

E avisou: "Vou chamar a polícia."

A gente: "Chamar a polícia?"

Não tem quem goste de polícia. A gente não quer esse tipo de notícia. O esquema foi todo montado num puta sacrifício. Nicholson deixou de ir vender churros. Caroline desistiu da boate. Eu deixei esposa, cadela e filho. Um longa não, é só um curta. Alegria de pobre é dura. Filma. O quê? Dei a ordem: filma.

Começamos a filmar tudo. Alguns moradores posando a cara na sacada. O trânsito que transita. A sirene da polícia. Hã? A sirene da polícia. Todo filme tem sirene de polícia. E tiro. Muito tiro.

Em câmera violenta. Porra! Johnattan pulou o portão de ferro fundido. O porteiro trancou-se no vidro. Assustador. Apareceu gente de todo tipo. E a ideia não era essa. Tivemos que improvisar.

Sem problema, tudo bem.

Na edição a gente manda cortar.

LINHA DO TIRO

— Não quero.

— Hã.

— Já disse que não quero.

— O quê?

— Chocolate.

— Chocolate?

— Você quer me vender chocolate, não é?

— Que chocolate, minha senhora?!

— Bala-chiclete?

— Não, porra.

— O senhor é hare krishna, não é?

— Hã?

— Da Igreja Amanhecer em Cristo, essas coisas?

— Não!

— É cego?

— Cego?

— Tá com uma ferida e quer comprar remédio?

— Chega, caralho!

— O quê?

— Isto é um assalto, não tá vendo?

— Onde?

— Aqui dentro do ônibus.

— E por que você não faz alguma coisa?

— Eu?

— Chama a polícia?

— Essa velha é doida!

— Quem é doida?

— Chapadona! Passa logo a bolsa.

— Não falei?

— O dinheiro, minha senhora.

— Não quero.

— Hã?

— Já disse que não quero.

— O quê?

— Chocolate.

— Chocolate?

— Você quer me vender chocolate, não é?

— Que chocolate, minha senhora?!

— Bala-chiclete?

— Não, porra.

— O senhor é hare krishna, não é?

— Hã?

— Da Igreja Amanhecer em Cristo, essas coisas?

— Não!

— É cego?

— Cego?

— Tá com uma ferida e quer comprar remédio?

— Chega, caralho!

— O quê?

— Isto é um assalto, não tá vendo?

— Onde?

— Aqui dentro do ônibus.

— E por que você não faz alguma coisa?

— Eu?

— O quê?

— Chama a polícia?

— Essa velha é doida!

— Quem é doida?

— Chapadona! Passa logo a bolsa.

— Não falei?

— O dinheiro, minha senhora.

— Não quero.

— Hã?

— Já disse que não quero.

— O quê?

— Chocolate.

— Chocolate?

— Você quer me vender chocolate, não é?

— Que chocolate, minha senhora?!

— Bala-chiclete?

CORAÇÃO

Bicha devia nascer sem coração. É, devia nascer. Oca. É, feito uma porta. Ai, ai. Não sei se quero chá ou café. Não sei. Meus nervos à flor de algodão. Acendo um cigarro e vou assistir à televisão. Televisão. O especial de Roberto Carlos todo ano. Ai, que amolação! Esse coração de merda. Bicha devia nascer vazia. Dentro do peito, um peru da Sadia. É, devia.

Célio conheceu Beto na estação de trem, em setembro. Moreno bonito. Célio acariciou o membro de Beto no aperto vespertino, no balanço ferroviário. Beto gozou na mão do viado. Encabulado, mascou seu chiclete, desceu e nem olhou para trás, para Célio. Célio feliz por um certo tempo. A gosma entre os dedos. A porra a gente esconde no ferro, debaixo do banco.

Depois encontrei com ele de novo. Oi, oi. Perguntou se eu tinha um cigarro, se morava na XV de Novembro. Se eu trabalhava, de que trabalhava, essas coisas. Se ele podia me acompanhar até em casa. E você? Deixei, deixei. Eu não tenho medo. Se for ladrão, não tem o que levar. E ele parecia, sei lá, um menino bom. Bafão, mona. Abra a janela que eu estou ficando tonta.

Era feriado de sete de setembro. O povo descendo cariado, passando catracas, barracas. Célio se sentindo...

A dona do puto.

...na companhia de Beto, que vestia camiseta branca, calça bege, meio jegue, de peito cabeludo.

— Chegamos.

Havia caçarolas cinza no fogão, pratos, ossos e esponja. No quartinho, colchas coloridas.

Conquista de território.

Aí o bofe tomou um ki-suco de morango, comeu um omelete, conversou pouco e nada. Não rolou nada aquele dia, acredita? Ele travou, não sei. Não-me-toque, eu não toquei. E assim a gente ficou. Ele saiu chupando um chiclete de uva-maçã-verde. Eu amarelei.

Depois disso, quem disse que Célio se concentrou nos seus desenhos? Fazia moda verão, inverno, jaquetas e turbantes. E pensava na boca do Beto, no desodorante. No dia em que ele gozasse no seu travesseiro de cetim. Ai, ai de mim. Procurou o moreno em todos os vagões. Não esqueceu nenhum.

A pior coisa, amiga, é uma trepada quando fica engasgada. Vira uma lembrança agoniada. Uh!

Encontrou Beto uma semana depois. Na mesma hora em que estava masturbando outro, desiludido e oco. Um loiro que nem chegava aos pés do moreno misterioso. Epa! Correu e disse alguma coisa: algo como "omelete recheado". Vamos de novo?

Foram e chegaram.

No quartinho, colchas coloridas. Conquista de território, nunca se sabe. O mundo é cheio de voltas desconfortáveis. Mas de hoje não passa.

Aí o bofe tomou ki-suco e comeu omelete. Tinha bolo Souza Leão. Foi quando ele perguntou se podia dormir comigo aquela noite. Claro que sim, se não! O rádio-relógio tocando Maria Bethânia, as canções que você fez para mim. Eu não tive dúvida. Fui tirando a roupa do bofe. Uau! Menina! Bicha devia nascer sem coração, tô te falando.

Quando acordou, depois de tanto prazer, cadê o amor? O menino saiu na madrugada. Evaporou-se. Como? Célio viu se tudo na casa estava em ordem. As caçarolas intactas, os ossos continuavam à mostra. Ora, que menino mais capeta! Só sobrou o chiclete, acredita?

Ai, ai. Mesmo assim, cheio de formiga.

Cheguei atrasado na confecção, na terça. Não quis almoço, não fiz marmita. Lá fui eu de novo atrás do bofe. Como uma anta perdida. Não tem coisa pior do que o abandono. Depois de uma trepada daquela, tudo parecia ser eterno. Aí é que a gente se engana.

Nada, mona.

No lugar do coração, bicha devia ter uma bomba. A minha vontade era ter uma granada, para estourar no trem. Para fazer uma desgraça, juro. Só assim Deus vai olhar para mim. Vai me trazer de volta aquele anjo. Sim, porque era um anjo. Não me roubou. Não me bateu. Sabe o que ele me falou? Que queria ser corredor de Fórmula 1. Vai ver foi isso. Zummmmm.

Até hoje, nem sombra. Célio não quis saber de outro cara. Mesmo que alguns só faltassem esfregar o pau na sua...

Você me respeite.

Tem um, lá no Brás, que vive convidando o Célio para ir ao parque. Para comer tapioca com creme de leite. Naquele Natal, até ganhou do cara um peru da Sadia, um vinho...

Não aguentei ficar em casa, sozinho, e vim tomar um café com você. Essa bosta de tristeza que bate no coração da gente, de repente. Que desmantelo! Bem que Roberto Carlos podia cortar esse cabelo. E eu, nascer sem coração, repetiu. É, sem coração.

Para não ter que ouvir essa canção.

TOTONHA

Capim sabe ler? Escrever? Já viu cachorro letrado, científico? Já viu juízo de valor? Em quê? Não quero aprender, dispenso.

Deixa pra gente que é moço. Gente que tem ainda vontade de doutorar. De falar bonito. De salvar vida de pobre. O pobre só precisa ser pobre. E mais nada precisa. Deixa eu aqui no meu canto. Na boca do fogão é que fico. Tô bem. Já viu fogo ir atrás de sílaba?

O governo me dê o dinheiro da feira. O dente o presidente. E o vale-doce e o vale-linguiça. Quero ser bem ignorante. Aprender com o vento, tá me entendendo? Demente como um mosquito. Na bosta ali, da cabrita. Que ninguém respeita mais a bosta do que eu. A química.

Tem coisa mais bonita? A geografia do rio mesmo seco, mesmo esculhambado? O risco da poeira? O pó da água? Hein? O que eu vou fazer com essa cartilha? Número?

Só para o prefeito dizer que valeu a pena o esforço? Tem esforço mais esforço que o meu esforço? Todo dia, há tanto tempo, nesse esquecimento. Acordando com o sol. Tem melhor bê-á-bá? Assoletrar se a chuva vem? Se não vem?

Morrer, já sei. Comer, também. De vez em quando, ir atrás de preá, caruá. Roer osso de tatu. Adivinhar quando a coceira é só uma coceira, não uma doença. Tenha santa paciência!

Será que eu preciso mesmo garranchear meu nome? Desenhar só pra mocinha aí ficar contente? Dona professora, que valia tem o meu nome numa folha de papel, me diga honestamente. Coisa mais sem vida é um nome assim, sem gente. Quem está atrás do nome não conta?

No papel, sou menos ninguém do que aqui no Vale do Jequitinhonha. Pelo menos aqui todo mundo me conhece. Grita, apelida. Vem me chamar de Totonha. Quase não mudo de roupa, quase não mudo de lugar. Sou sempre a mesma pessoa. Que voa.

Para mim a melhor sabedoria é olhar na cara da pessoa. No focinho de quem for. Não tenho medo de linguagem superior. Deus que me ensinou. Só quero que me deixem sozinha. Eu e minha língua, sim, que só passarinho entende, entende?

Não preciso ler, moça. A mocinha que aprenda. O doutor. O presidente é que precisa saber o que assinou. Eu é que não vou baixar minha cabeça para escrever.

Ah, não vou.

DA PAZ

Eu não sou da paz.

Não sou mesmo, não. Não sou. Paz é coisa de rico. Não visto camiseta nenhuma, não, senhor. Não solto pomba nenhuma, não, senhor. Não venha me pedir para eu chorar mais. Secou. A paz é uma desgraça.

Uma desgraça.

Carregar essa rosa. Boba na mão. Nada a ver. Vou não. Não vou fazer essa cara. Chapada. Não vou rezar. Eu é que não vou tomar a praça. Nessa multidão. A paz não resolve nada. A paz marcha. Para onde marcha? A paz fica bonita na televisão. Viu aquela atriz? No trio elétrico, aquele ator?

Se quiser, vá você, diacho. Eu é que não vou. Atirar uma lágrima. A paz é muito organizada. Muito certinha, tadinha. A paz tem hora marcada. Vem governador participar. E prefeito. E senador. E até jogador. Vou não.

Não vou.

A paz é perda de tempo. E o tanto que eu tenho para fazer hoje. Arroz e feijão. Arroz e feijão. Sem contar a costura. Meu juízo não está bom. A paz me deixa doente. Sabe como é? Sem disposição. Sinto muito. Sinto. A paz não vai estragar o meu domingo.

A paz nunca vem aqui, no pedaço. Reparou? Fica lá. Está vendo? Um bando de gente. Dentro dessa fila demente. A paz é muito chata. A paz é uma bosta. Não fede nem cheira. A paz parece brincadeira. A paz é coisa de criança. Tá aí uma coisa que eu não gosto: esperança. A paz é muito falsa. A paz é uma senhora. Que nunca olhou na minha cara. Sabe a madame? A paz não mora no meu tanque. A paz é muito branca. A paz é pálida. A paz precisa de sangue.

Já disse. Não quero. Não vou a nenhum passeio. A nenhuma passeata. Não saio. Não movo uma palha. Nem morta. Nem que a paz venha aqui bater na minha porta. Eu não abro. Eu não deixo entrar. A paz está proibida. Proibida. A paz só aparece nessas horas. Em que a guerra é transferida. Viu? Agora é que a cidade se organiza. Para salvar a pele de quem? A minha é que não é. Rezar nesse inferno eu já rezo. Amém. Eu é que não vou acompanhar andor de ninguém. Não vou.

Não vou.

Sabe de uma coisa? Eles que se lasquem. É. Eles que caminhem. A tarde inteira. Porque eu já cansei. Eu não tenho mais paciência. Não tenho. A paz parece que está rindo de mim. Reparou? Com todos os terços. Com todos os nervos. Dentes estridentes. Reparou? Vou fazer mais o quê, hein?

Hein?

Quem vai ressuscitar meu filho, o Joaquim? Eu é que não vou levar a foto do menino para ficar exibindo lá embaixo. Carregando na avenida a minha ferida. Marchar não vou, muito menos ao lado de polícia. Toda vez que vejo a foto do Joaquim, dá um nó. Uma saudade. Sabe? Uma dor na vista. Um cisco no peito. Sem fim. Uma dor. Dor. Dor. Dor.

Dor.

A minha vontade é sair gritando. Urrando. Soltando tiro. Juro. Meu Jesus! Matando todo mundo. É. Todo mundo. Eu matava todo mundo, pode ter certeza. Mas a paz é que é culpada. Sabe?

A paz é que não deixa.

AMIGO DO REI

O menino era poeta. Não era atleta, não era. Minguado, magrinho. O pai olhava para ele. Chuta. E o menino chutava o vento e caía de bunda. Meu Deus! O pai, logo ele, corintiano roxo. O menino nem aí. Gostava era do azul da nuvem. Do verde-rosa. De ouvir o barulho da chuva. Correr atrás de passarinho. Bosta de vaca. Cheiro de lagartixa. Chuta. O menino aéreo. Chuta. Cadê a força física?

Levou o menino ao médico. Tudo normal. Normal, doutor? Jura? Todo menino gosta de bola. Ele nem sequer olha. Não dá a mínima bola, entende? Oh! O que vai ser dele quando crescer? Resolveu perguntar. Hein? O menino sorriu. Vou ser poeta.

Agora mais essa. A mãe falou. Pelé não é compositor? Hã? E o Garrincha? O que tem o Garrincha? Era casado com a Elza Soares, não era? O que tem a ver? Sei lá. Mundo artístico é tudo igual. Mundo artístico? O pai ficou matutando, matutando.

Bicha. É isso. Meu Deus! Gritou ele. Meu filho vai ser bicha. Credo! Ficou a noite todinha olhando a alma pregada no teto. Não pode ser. Rezou, chorou. O menino é menina. Ah! Isso não vai ficar assim. Vou treinar o condenado. Vou salvar o moleque.

O que não vou aguentar é vizinho falando de mim. Veja o filho do Dagoberto. Um craque. Aquele sim, promete. O meu, uma tragédia. Nada que não se resolva na raça. No peito. É só mudar de campo. De tática, entende? Chamar o técnico. O negócio é não ter medo. Não podemos ter medo. Viu? Somos ou não somos pentacampeões, o Brasil?

Um, dois, três, quatro. Um, dois, três, quatro. O menino parava de correr e vomitava. O quê? Exorcismo. Não disse? O diabo. A gente tira essa coisa do corpo dele, sim. Ave-Maria, cheia de graça. Assim na Terra como na Terra. Vamos, danado. Um, dois, três, quatro. Chuta.

E o menino ia lá, tão atrapalhado que se atrapalhava. De pernas para o ar, parecia querer dançar. Dançar? Eu não vou deixar. Eu me mato. Bailarino? Assim já é demais. A mãe falou. Mas Pelé não era um bailarino? Hã? E o Garrincha? E o Robinho? Aquela ginga. Nunca, nunquinha. Levaria o menino, no final de semana, para o estádio lotado. Ele precisava se acostumar.

Timão, timão! Quero ouvir você gritar. Hã? O menino parecia sonhar no meio da multidão. Sonora e colorida. Filho, eu quero que você ganhe dinheiro. Eu quero que você melhore a vida da gente. Está vendo aquele ali em frente, de perna bamba? Vai ser vendido para o Barcelona. Aquele outro, para o Real Madrid. Esqueça essa coisa de poesia. É o fim.

Para que serve poesia? Quem colocou isso no seu juízo? Não acha bonito o futebol? O menino achava bonito, sim, mas não era o tipo de beleza que ele queria. Qual era? Como dizer? Não sabia. Sentimento é mesmo assim. Ninguém explica. Nenhum comentarista. Nem o Galvão Bueno. Vou escrever ao Galvão Bueno, disse o pai. Não. Pode ser pior. A audiência da Globo é maior. O povo todo vai ficar sabendo. É. Já pensou?

Filho, a vida é cheia de rasteiras, explicou. Você ainda é um homenzinho pequeno. Precisa saber driblar. Feito o Ronaldinho Gaúcho. Quem? O Ronaldinho Gaúcho. É, o dentuço. Driblar. A vida está aqui, ouviu? Não no mundo da lua. A vida se joga na rua. Vamos. Um, dois, três, quatro. Um, dois, três, quatro. Você vai aprender. Eu sei. Não vai me decepcionar.

Mas eu quero ser poeta. Que inferno! Você sabe o que é ser um poeta? O que faz um poeta? Se fosse pelo menos um arquiteto. Um advogado. Um delegado de polícia. Que coisa mais esquisita! A mãe falou. Ele deve ter ouvido do professor. Da professora. Na televisão não passa essas coisas.

Vou lá na escola. E foi. A escola ficava ali perto. Hoje eu tiro a limpo. Eu é que não vou ficar jogando o destino do menino no lixo. Veja o filho do Dagoberto. Um luxo. Aquele sim, dá inveja. Aquele sim, tem futuro. Bom dia.

Em vez de responder, o pai foi logo dizendo. Bola. Meu filho não gosta de bola. Procurou o senhor diretor. O que faço? Queria saber quem era o culpado. Nem a camisa que eu comprei ele veste. Foi à sala dos professores desabafar suas dores. Manuel Bandeira. Como é que é? A professora repetiu. Seu filho gosta do Manuel. Hã? Manuel Bandeira. Autor do "Vou-me embora pra Pasárgada", lembra? O quê? Recitou.

Falta, falta. Alguma coisa pareceu apitar na sua cabeça. O pai amarelou. Ali mesmo desmaiou. Nem ouviu o final da história. Meu filho gosta de um outro menino. Falou para a mulher. E agora? Rezou, chorou. Um tal de Manuel, conhece? Eu não disse? Excomungado! Dar um desgosto desses. Veja o filho do Dagoberto. Esse sim, será "amigo do rei". Hã? Algum verso que, sem querer, não sei, ficou na cabeça do pai, aporrinhando. Amanhã eu dou um jeito. Amanhã, amanhã. Eta noite demorada! Rebola daqui, rebola dali. Quando a gente está aflito, é um jogo sem-fim a madrugada.

Um minutinho que dormiu, o pai sonhou com coisas muito feias. Jogadores, um em cima do outro, dentro dos vestiários. Meu Deus! Perigo na grande área. Na formação de barreiras. Um pesadelo! Eu mato esse menino. Ah! Se mato. Que desgraça! Ele e esse tal de Manuel Bandeira. Suados e abraçados, em campo. Para todo mundo ver, quem diria? Fazendo a alegria da torcida brasileira.

JÚNIOR

Vamos lá em casa tomar um café, disse meu pai para a travesti. Café? É. Mas o cara não era casado, bem casado? E a tua mulher? Um cafezinho rápido. Meu pai apagou o cigarro e se animou. Puxou o trinco do quarto. Vamos embora deste hotel? Vamos? A travesti achou gozado, sacudiu o ombro elástico, como um sol que se repõe.

Chegaram.

A casa em que a gente vivia era um sobrado. Meu pai entrou pela cozinha, sem fazer escândalo. Meio bêbado, aquele cheiro de cigarro molhado. Eu gosto dessas aventuras, disse meu pai. Desses perigos a mais. Você é louco, pinel.

Demais.

Senta aí. Sentou. Meu pai foi colocar água para esquentar. E o sol também começou a borbulhar em algum lugar. E meu pai trouxe biscoitos. E pôs manteiga no prato.

Perguntou se a travesti queria um pouco de ovo. Quero sim. O quê? Quero sim, obrigada. Não precisa falar baixo. Minha mulher dorme que nem uma pia quebrada. Hã? Essa pia está quebrada. Onde fica o banheiro? O banheiro? Eu acho que esse porra está me enganando. O quê? Ele não tem mulher nem nada. Vive sozinho.

Aí na sala, na primeira porta à direita, olha.

A travesti foi pisando alto. Equilibrando-se no salto. Como se a qualquer hora aparecesse a polícia e perguntasse: o que você, viado, está fazendo nesta casa? O cara me convidou para um café, ora, ora. A travesti mijou, nem deu descarga. Olhou-se no primeiro espelho que encontrou. Coragem, Magaly Sanchez, coragem.

Chega aí.

Você tem uma foto? Uma foto da sua família? Sua mulher está viajando, é isso? Eu não acredito que ela não tenha ouvido a gente chegar. Relaxa, querida.

Aqui está. Uma xícara colorida e outra xícara colorida. O café até que estava cheiroso. Os biscoitos também. Que horas? Seis horas.

Com leite.

Esqueci de dizer que meu pai passou pela padaria, desceu e comprou, quentinhos, seis pãezinhos. A travesti ficou no carro, sem acreditar. Embora acreditasse: todo casal apaixonado deve começar o dia desse jeito. De alguma forma, brilhou uma alegria no seu peito. No peito da travesti, é claro. O cara deve estar gostando de mim.

Meu pai não deu mais nenhuma palavra, enfim.

A travesti olhando a xícara e as migalhas. Correndo as unhas nas migalhas. Olhando o desenho dos pratos. Os pinguins desconfiados. Os panos dobrados. A travesti sem saber o que dizer. Não podia rir direito. Nem gargalhar. Nem gemer. Uma travesti em silêncio é a coisa mais triste que alguém já viu, puta que pariu. Quando a vida parece não ter fim.

Posso ir?

Foi quando de repente eu apareci e corri para o colo da travesti. Eu, de fraldinha. Devia ter uns dois, três anos, a coisa mais lindinha.

Mamãezinha.

Não esqueço, até hoje, os olhos que a travesti tinha.

MEU ÚLTIMO NATAL

Aí o Leco resolveu matar o Papai Noel. De verdade.

Dar uma pedrada na cabeça dele assim que ele chegasse. Não pela chaminé, que não havia. Pela janela do barraco. Aquela encruzilhada de esgoto. Como viria? Voando?

Leco ficou esperando. O olho grudado no alto. Apertando o pedaço de paralelepípedo. Também trouxe uma faca, caso fosse preciso. Ou se o velho gordo revidasse. E gritasse. Eu disse para o Leco: Papai Noel não grita. Faz só *ho, ho*. Leco riu, meio apressado. E me disse que Papai Noel era rico. Eu disse que não era. Leco disse que era. Papai Noel era dono de uma fábrica. E vinha de longe. De um país cheio de neve. País pobre não tem neve. E Papai Noel era gordo. Muito gordo. E sorria. Era um homem muito rico, sim. Por isso fazia *ho*.

Tudo começou porque a mãe do Leco falou que Papai Noel não traria a motoca. Era uma motoca muito cara. E outra: Leco nunca foi um bom menino. Xinga a mãe por qualquer coisa. Um dia, cuspiu na cara da vizinha. O máximo que ele poderia ganhar, adivinha? Uma bola. Velho pão-duro. No ano passado, trouxe uma boneca bem feia para a irmãzinha do Leco. Ele ficou revoltado. Para ele, um helicóptero torto. E o Leco não queria um helicóptero. Muito menos torto. Queria uma motoca. Grande. Uma que pisca-pisca. Vem até com capacete de polícia.

A mãe do Leco disse que Papai Noel não traria. Ele esperasse outro presente. Por isso o Leco resolveu ficar acordado. De olho na chegada do velho, de repente. Pela janela miúda. Quero ver só como ele vai entrar. Aí eu meto a pedra na cabeça dele. E a vassoura. O Leco também trouxe uma vassoura, foi. E um laço de corda. Eu perguntei: como você vai fazer? Leco não explicou.

Leco era um menino muito corajoso. Ficou ali, quietinho. Sem tremer. E chovia tanto aquela noite. Eu lembro: o medo era o barraco encher de lama. Como chegaria o Papai Noel, hein? Naquela água balofa? Outra coisa que o Leco falou e que eu achei um absurdo: que ele ia pegar o dinheiro do Papai Noel. Mas o Papai Noel não tem dinheiro, eu falei. Mas Leco disse que ele tinha. Umas moedas de ouro. Um tesouro. Eu não acreditei. Tudo que o Papai Noel tem é aquele saco vermelho, cheio de brinquedo. Mas Leco não quis saber. Todo mundo tem dinheiro. Ninguém faz nada de graça. A mãe do Leco vive dizendo. Nadinha. E foi isso o que o Leco me falou. Nadinha.

Ah! Mas Papai Noel é bem esperto. Ele fugiria dessa. E acho até que ele perdoaria o Leco. É, perdoaria. O Leco sempre foi, assim, meio doido.

Era quase meia-noite. Eu fiquei também acordadinho. Eu pedi uma camisa do Flamengo para o Papai Noel. Se ele não aparecesse, eu já sabia. Foi o Leco. Ele conseguiu. Eu só acho que o Leco exagerou um pouco.

Chuva, chuva.

Aquela chuva não parava. Sei não. Bastava um balancinho de vento e o Leco armava o pulo e a pedra. Feito aquele filme que o Leco viu. Do menino que enfrentou, sozinho, dois bandidos no Natal. À noite, na TV, depois da novela. Haja porrada! Papai Noel é bem velhinho. Não vai aguentar. A polícia dos Estados Unidos vai nos pegar. Eu sou cúmplice. Eu acho que eu sou um terrorista, comecei a pensar. Encafifar.

Ho, ho, ho.

Tempo mais demorado.

Do outro lado, no fundo da cidade, tiros e gingobel. Leco já estava zarolho quando ouviu uns passos. Barulho falso. Não era ninguém, não era. Era só uma risadinha vinda de algum lugar do céu. E olhe que o Leco ficou a madrugada toda de ouvido aberto. Bem aberto.

Até não aguentar. E dormir e a chuva parar. Ainda bem: desta vez o barraco não sofreu. A lama não subiu nas tábuas. A gente não afundou. Milagre mesmo, porque choveu muito. Muito e muito. Só quando o sol apareceu é que Leco se levantou.

Cadê?, perguntou. Nem sinal. Só a vassoura, a faca, a corda e a pedra de paralelepípedo. No peito, doído. Um ódio que não tinha tamanho. Leco ficou uma fera. Parecia um demônio. Eu fui lá, cedinho, falar com ele.

Olha, Leco, a sua motoca.

Leco não acreditou. Papai Noel deixou lá em casa a sua motoca. Junto com a minha camisa do Flamengo. O Leco nunca ficou sabendo. Eu que avisei ao Papai Noel. Foi, foi. Do perigo que ele estava correndo.

UNIÃO CIVIL

I.

Dois homens empurram um carrinho de bebê.

Juntos, em silêncio.

Essa imagem eu vi, juro, na cidade mineira de São João del Rei. Os dois estavam solenes — não sei se felizes — frios, ao sol. Minha imaginação passeou com eles. Mente de escritor que veio para umas palestras, falar sobre narrativas curtas, meu novo livro, a quem possa interessar.

Blá-bla-blá.

Comentei para a plateia — hoje eu vi um casal. Na esperança de que alguém viesse dizer. São irmãos, filhos de Seu Januário. Ou: você não sabe? É o primeiro caso no país de adoção homossexual. E ainda até, oxalá, um estudante me trouxesse pronto o começo do próximo conto, instigante.

Tipo: por que você não me ajuda a empurrar o carrinho?

Um bom início.

Anotei no caderninho, enquanto meu companheiro de mesa dava as boas-vindas em nome da universidade, do festival de inverno, da população, dos poetas etc. Porra, que merda! A imagem dos "dois pais", digamos, entrou em mim. Feito alma, feito sangue. Na veia, à vera. A verdade é essa. Essa imagem me pertence faz tempo. Escrever é organizar os sentimentos perdidos. Já creio que posso contar.

— Vamos casar?

— O quê?

— Eu e você, feito homem e mulher.

— Na igreja?

— É.

— É pecado.

— Deus não precisa saber.

Eu devia ter uns dez anos, nove. Ele também tinha nove, dez. Morávamos no mesmo Poço, em Pernambuco. E já havíamos notado aquele entusiasmo, maior do que o sol. Ave! Dois garotos apaixonados. Ele dizia que queria ser músico. Eu dizia que queria ser ator. Dramaturgo. Como?

Dramaturgo.

A encenação aconteceu atrás da capela, no parque. Nosso coração sai do nosso corpo, eu vi, você não viu?, dois corações, voando.

— Álvaro Magdaleno do Nascimento aceita...

Risos. Ele achava engraçado o meu sobrenome "Magdaleno".

— ...aceita João Rosa Passos como seu esposo?

— Faltou o *legítimo.*

— Hã?

— ..."como seu *legítimo* esposo"...

— Sério?

— Sério, senão o casamento não vai valer de nada.

— Tá.

As alianças a gente conseguiu numa promoção de chiclete. Era o quê? Vinham grátis anéis e brincos. Bolas de hortelã. A gente ficou fazendo, deitados na grama, depois do matrimônio, bolas enormes. De hortelã.

— E agora?

— E agora o quê?

— O que a gente faz?

— Faz?

— Sim... Depois que a gente virou marido e marido, a gente vai morar na mesma casa, é? Até a morte, até o fim?

A primeira pergunta foi a de um jovem, de óculos. Por um segundo, ele ganhou a cara do João. Eu já havia me esquecido da cara do João. Como era mesmo a cara do João? Caralho! O tempo segue colando. O tempo tem um ritmo industrial. É uma grande fábrica, que não para. Cara, vê se se concentra no bate-papo. Você está em São João del-Rei para trabalhar. Acorda. E escrever um conto não é um trabalho? Estou escrevendo. Reescrevendo. Para não perder. A minha história, no esquecimento.

— Meu nome é Paulo e eu gostaria de saber quando foi que o senhor descobriu que queria ser escritor?

O açúcar acabou. A hortelã virou só uma borracha. O tanto de hora que a gente passou olhando os dedos, tocando as alianças. E trocando os chicletes. João tirava a goma da minha boca e colocava a goma dele na minha boca. E as bolas foram ficando mais gordas. E foram ficando mais alegres, coloridas. Redondas, redondonas. Até que João quis tirar com a própria língua a borracha da minha língua. Em um beijo sem jeito. Doce, doce, doce.

Nossa lua de mel.

II.

Não era difícil encontrar mais uma vez o carrinho, a criança e os dois rapazes. A cidade não é grande. E bebê é feito cachorro. Adora movimentar-se. Os mimos, as praças, os paços centenários.

Fiquei quieto, tomando um ar, à espreita. No mesmo lugar em que, digamos, avistei a mim e a João — e o fruto futuro do nosso amor.

Reanotei frases para o conto, relembrei.

O calor.

Minha mãe foi quem primeiro quis saber: casou? Eu gelei. Que anel é este no dedo, menino? É da bola. Do chiclete, não viu? Dei bobeira. A gente prometeu esconder a aliança. Coisa de viado, a molecada logo iria dizer. Quem iria entender? Mas aí dormi, agarrado ao anel. Olhando para o teto, imaginando planos. No dia em que cresceríamos, teríamos carro, piscina. E filhos.

— Filhos?

— Você pensa em ter filhos?

— Penso.

— Bobo, a gente não pode ter filhos.

— E quem disse que eu quero ter filhos com você?

— E com quem você vai ter, seu merdinha?

— Com a Maitê.

João era heterossexual. Hã? Bissexual. Bi o quê? Eu não. Nunca teria outra relação. Casamento é coisa sagrada. E a gente deu a nossa palavra. Eterna. Marido e marido. Àquela tarde, a nossa primeira crise. Saindo da escola, ora. Apressei os passos, ganhei distância dele. Curvei o largo, decidido. Qualquer coisa, a gente se separa. Para que existe o divórcio? Di o quê? Nem precisa assinar as papeladas.

O narrador do conto poderia ser o bebê.

A história sob a ótica do recém-nascido.

E aí também fiquei pensando: àquela manhã em que os avistei, poderia ser a primeira vez em que eu e João nos reencontrávamos, depois de muitos anos. Segui confabulando. Rabiscando possibilidades, falas, personagens. Misturando realidade e ficção. Loucura e literatura. Memória e invenção. Meu Deus!

Como eu poderia prever que dois rapazes iriam carregar, naquele carrinho, eu e você, João? E por que bem aqui, em São João del-Rei? Não sei. Coisa assim não escolhe lugar para renascer. Pode ser no mar, em Bagdá, na Disneylândia, no Japão.

O vulcão adormecido.

Levantei. A praça estéril e deserta. Teria de ir, sim. Já estava atrasado para mais uma palestra, apresentação. Estão estudando a minha obra na Escola dos Inconfidentes. E a turma é grande. Vão, inclusive, fazer uma leitura teatral baseada em minha ficção. Tudo muito teatral. Eu me recordo, enquanto subo, débil, a ladeira: eu fui sendo deixado de lado. Marido abandonado, uma criança.

— E a aliança?

— Não vê que não dá mais no meu dedo?

— Você está me traindo, João.

— Agora mais essa...

— Fiel, na saúde e na doença.

Chorei, peguei febre, quis me atirar embaixo de caminhão. Tamanha inocência! De fato, era a máquina do tempo. A indústria, a todo vapor. Moendo, roendo. Os chicletes apodrecendo. Adolescendo. Hora ou outra eu via. João e Maitê. Quanto ciúme! João um homem. Forte, na lambreta. Ao violão. Eu escrevendo minhas primeiras peças. Infantis. Cheguei a sair com a Elisabeth. Atrás da mesma capela, tentei, sem sucesso, repetir a cena. Não valeu a pena. Conheci o Xavier.

João casou, de verdade, com a Maitê.

III.

— O senhor conseguiu?

— O quê?

— Escrever o conto sobre os dois rapazes, o carrinho e o bebê?

Estavam vazios. Só o filho, ali, entre eles, enchia, remexia, preenchia. Calados, feito trilho de trem enferrujado. O carrinho, mesmo ele, estacionado. Esperando alguém falar algo.

Fazia uma vida que não se viam. João foi quem chamou Álvaro. Mandou uma mensagem no Face. Vem. E Álvaro pensou tanto. Balançou-se. O que ele quer comigo, o merdinha?

Mas resolveu ir e lá estava. Porque a vida de Álvaro, há de se convir. Não rolou, não aconteceu. O que fez foi trepar por aí. Com dezenas de machos. Sem amor. Melhor que fosse sem amor. Para não alimentar ilusões. Ou até, talvez, para não ferir o juramento. No altar, no parque, na capela. Virou uma desgraça, uma praga aquela união. Religiosa. Para a vida eterna.

Vem e Álvaro chegou. Não conhecia São João del-Rei. Nenhuma cidade de Minas. Igrejas. Muitas igrejas.

E você, o que fez além do bebê? Sem contar que me chamou aqui, hein, para quê? Só para mostrar o filho? Lambido? Álvaro nem quis olhar para aquele pacotinho de fraldas. De vez em quando era que mulheres se aproximavam, chacoalhavam a cara para o menininho sorrir bonito. Não é criação minha. Eu não tenho nada a ver com isso.

Uma manhã demorada, afiada. Sem assunto, ele me perguntou se eu gostava de feijoada. Porque havia uma bem perto, a melhor da região. A gente amadurece e os assuntos ganham banha. Torresmo, peso. Razão.

E o Xavier? O que é que tem o Xavier? Não deu certo. E os romances? Ele quis saber. Falou que me lia no jornal, comprava os meus livros. Eu só escrevo contos. Deixei claro.

Álvaro pálido. E esquisito. Repito: o tempo. São muitos parafusos, engrenagens. Do tempo. É preciso óleo para rodar mais rápido. Não tínhamos o dia inteiro. Eu, todo doído. Não sou doido de perguntar pela mulher do Álvaro. Ela que se dane. Ele que se dane. Afinal, veio e me tirou de São Paulo para essa distância? E esse silêncio?

Tem um aninho o bebê. Sei. E ficamos enganando. Um ao outro. Eu não tenho mais paciência para esse jogo. Essa fantasia. Já estamos bem adultos. Os personagens me ensinaram a viver. A vida real. Depois de vários livros publicados, eu tinha mesmo que aprender.

Eu nunca me esqueci de você, João falou. Eu parei. E a cidade parou também. E os sinos da matriz. O bebê dormitando aos nossos pés. E a mãe desse bostinha? João me contou, sem que eu mostrasse interesse em saber. Ela sumiu. Como assim? Não sei se entendi. Não ouvi bem. A mãe havia morrido no parto? Deu depressão? O que aconteceu com a Maitê? Algum milagre?

Apenas nós dois, o carrinho e o bebê. A única imagem possível dentro da paisagem. Como uma fotografia. De turismo. De férias em família. Quem diria? João puxou do bolso da camisa aquele nosso anel, nossa aliança. Felizes para sempre. Como no dia do nosso primeiro casamento. Lembra, Magdaleno?, disse-me o pai da criança.

O tempo.

IV.

— Um conto não nasce na hora em que a gente escreve, na hora em que a gente está escrevendo. Não nasce quando a gente acaba o conto, põe o ponto final. A impressão que eu tenho é que um conto nasce em algum ponto da vida da gente. Ele fica lá, congelado, esperando que algo o acorde, algo o provoque, entende? Vou ter de ver que conto é esse que a imagem do bebê e a dos dois rapazes está me pedindo. Vou ter de vasculhar, Paulo. Bem fundo. Se eu conseguir escrever, prometo que volto aqui em São João del-Rei e leio a história para vocês. Às vezes demora, demora muito. Às vezes se perde. Isso já me aconteceu mais de uma vez.

NÓBREGA

Ora, se ele é igual aos outros alunos meus de violão, na leitura de cifras, nos acordes, por que este meu sofrimento, à sombra, toda vez em que ele vai embora, pega o trem, some para o subúrbio às vinte e duas horas?

Tem dezoito anos e um gosto refinado, João Gilberto, João Bosco, João Donato, Joões em flor, ele também se chama João, querido, gire aqui a tarraxa da corda até que os dois sons vibrem de maneira harmoniosa etc.

Os dedos dele, eu à unha, há momentos em que o vejo compor, ele me põe a ouvir suas escalas, tônicas, melodias apaixonadas a uma tal garota chamada Suzianne, e eu, por dentro, dando vexame, fugindo do tom, ele não há de perceber.

Aplaudo, digo que ele precisa de mais ensaios, que a dedicação é fundamental e, proponho, umas aulas aos domingos, poderíamos marcar almoço, acompanhar unidos a tarde cair ao entardecer, qualquer música fica mais bonita quando o dia morre.

João ressuscita em mim a infância pobre e solitária, o talento para a poesia, o ritmo divino, ele, de bermuda, chega e se senta, sorri como se fosse uma miragem, o primeiro menino a pisar a Lua, creio, é ele quem enche as marés cheias.

Dilermando Reis, Garoto, Baden Powell, para a idade que tem, tem maturidade, ouvido, irá longe em sua dádiva, um arcanjo, trotando, quando bate à madeira e me arrepia a alma, quando deixa a minha casa, bato uma punheta, sem qualquer delicadeza.

Dou-lhe sempre um vinho para beber, na hora dos improvisos, ele recebe uma ligação ao celular, Suzianne, e eu sou bastante severo, digo que violonista não tem mulher, sabe por que violão tem esse formato, de corpo nu, por que tem buraco?

João compreende, artistas são diferentes e, de fato, a prioridade sempre é a humanidade, que necessita, sempiternamente, de gente apurada, com a antena ligada aos ruídos do ventre, às notas da Terra, silenciosa, girando, azul.

Ele diz assim, mestre, e me abraça e eu dou a ideia de que ele deve se inscrever no concurso brasileiro que se realizará em Brasília, no mês que vem, eu consigo as passagens de avião, tenho a certeza, sua graça ganhará o primeiro lugar, vamos lá?

Bem que Suzianne poderia ir comigo, mas eu desde já aviso, não dá, é preciso concentração, a vida toda você terá essa mulher ao seu lado, ela há de entender seu ofício, o ar de um menestrel, a serviço do povo o seu coração, moço.

Vamos ao aeroporto na data marcada, também reservei um quarto duplo, somos parceiros ou não somos, sairemos do festival premiados, acredite, a sua vida mudará, meu pupilo, pode acreditar, não estou exagerando no volume de nossos sonhos.

Chegamos, e Brasília parece nos receber, tamanho é o céu, a esplanada, os parques horizontais, eu, de novo, sem compostura, no meu sangue escorrendo o tempo mais dramático, nem pareço um homem velho, essa maldita serenata no peito.

Faz muitas décadas, esqueci até qual data foi, pois é, em que recebi uma visita desse tipo, no corpo, no pensamento, esse menino, prodígio, creio que não adivinhe minhas mesquinhas intenções, feito marchinhas, populares, meu sentimento brega, na surdina.

Ao concurso vem gente do país inteiro, primeiro fomos ao Teatro Nacional, repassar o número, tranquilizá-lo de que o futuro já está em suas mãos, de mim não mais esquecerá, faço parte de sua arte, não obstante esse meu repertório, íntimo.

Nada a ver com o "Tempo de criança", clássico que ele executará, com a leveza que empresta à vida, eu tenho inveja, confesso, me doem os cotovelos, arrebento-me, ciumento, toda vez que ele traz para junto do corpo o corpo do instrumento.

A apresentação é amanhã, precisamos descansar, pensar em outras coisas, Suzianne toca o celular, deseja boa sorte e eu, doido para gritar àquela amada chinfrim que nenhum gênio precisará dela para alcançar a glória, lambisgoia.

Enquanto ele dorme na outra cama, inocente, eu canto, pela madrugada, as canções mais apaixonadas, que ele, em sua viagem, ao sono, não me ouça, não sinta, em seu recolhimento, o tanto que desço, abaixo, pelo umbigo, de quatro, o quanto me mato.

João acorda, vai às cordas do violão, me levanta, cedo, ouço, ainda dormente, encostado ao travesseiro, ele, alheio a tudo, dedilhar a música sofisticada que apresentará, logo mais, à noite, com a simplicidade de quem sabe, sem saber, o dom que é viver.

Ali, o teatro lotado, o júri, atento, espera pelo meu aluno, o instante em que ele pega a flanela, alisa o tampo, a cabeça e os braços e começa o movimento, maduro, tocando só para mim, juro, tranquilo e, para sempre, vencedor, lindo de doer, este nosso amor.

ENSAIO SOBRE A PROSA

Este caçote de menino, trepeça dos diachos, onde chafurdou?

Onde foi a forgança, onde foi o forró em que o nó aqui de sua calça esfolozou?

Isso é de tanto furar caatinga, distambocou a correr, levado no fiofó, arame, espinho de flor.

Nem se fosse um jumento, vem cá, que eu te aliso, dou um jeito no remendo, a última vez, neste calor do sol, eu te prometo, brebôte, bregueço.

Meu Deus dos Infernos, põe a linha, que tu tem olho melhor, mesmo com o dia quilariado, não enxergo, não enxergo, parece que levou uma bala de raspão, ai se eu te pego em confusão, lá pro lado da professora, uma vergonha um menino que não aprende a se vestir, correto e zeloso, assim na frente dos outros.

Levou coice de mula parida? Vai, avia. Põe aqui a linha na minha máquina industrial. Antes que eu desista, tanta coisa para rezar, uma roupa de um exército inteiro, botão, bogó, borracha, é muita mulher moderna, ninguém quer mais roupa feita a mão, brim, saco de estopa, depois da chegada dessa geringonça, não paro de trabalhar, ainda bem, mas tu vem aqui me empatar, é a milionésima vez neste mês, o mesmo furo, este fundo morto, olha se não é um cemitério a prega da tua calça, quanta estrovenga, eu já te disse, não te compro outra vestimenta, para aprender quanto custa uma roupa pronta, pensa, pensa.

Tatatatá.

Tatatatá.

Tatatatá.

A cor que eu uso para os enterros, meu luto, é azul. Quase uma nuvem, como se eu visse a alma ascender, eu ajudasse na travessia, fosse algo campestre à tardinha.

O avião pousou na faixa. Os pneus me fizeram chorar. Um arranhão e eu estou de volta. Do aeroporto, direto para o velório. Eles atrasaram a cerimônia só para me esperar chegar. Meus óculos disfarçam os olhos, os olhos são os mesmos, solitários. Minha mãe falava que eu tinha olhos de dengo, caquiado, meio incuído.

Não é que se tornou um escritor? Foi o cuxixolo que eu fiz, a toda hora, na murnura, de madrugada, assim que o sol batia na janela, a prece, apressa, juntava a quartinha de água, a foto do Santíssimo e os pedidos.

Meu último livro foi lançado na semana passada, depois de dez anos de seca braba, nas entrevistas me perguntaram sobre as influências, por que um livro de ensaios em vez do romance prometido? Citei Michel Foucault e sua *História da loucura*. Nem sei bem por que citei Foucault. Eu tenho andado muito triste. Daí veio o telefonema. Na verdade, eu deveria ter citado o Camus. Minha irmã, Bernarda, quem me avisou.

Nossa mãe.

Tatatatá.

Tatatatá.

Tatatatá.

Aprume-se, positiva, com os pés no piso, se encoste aqui, filha, as costas na parede, não caia, essa parede está carecendo de reforma, se o dinheiro der, eu pinto, depois do seu casamento, porque eu já vou gastar o que não tenho, tu vai ficar uma noiva esplendorosa, uma rosa, impetuosa.

A fita métrica por debaixo dos braços, tão mocinha, em cima do busto, esses peitos pequeninos, ô família para não ter peito, em compensação o teu pai ganhou, com a idade, umas mamas vergonhosas, nem lembra mais o moço de briga que eu conheci, da mesma diabrura do cangaceiro Juriti, Besouro, Candeeiro.

Antigamente, eu só de olhar sabia a medida do quadril, a anca da noiva, agora é só nos instrumentos de medida, dezoito a vinte e três centímetros abaixo da cintura, olha se não é, me ajuda, que é muito número, prefiro dar de ouvido ainda à experiência, aqui amarro um fio ao redor do tronco, a curva natural de tua cintura, ô, minha filha, a primeira que vai sair de casa, Bernarda, o teu futuro marido não pode te ver antes da igreja, minha laranjeira, vai sentir a falta da tua mãezinha aqui, vai, não vai?

A cheirosidade dos panos, ainda virgens, a oficina do amor tem nobreza de óleo de máquina Singer, foi a princesa Isabel quem autorizou a entrada da máquina de costura, sabia? não sabia, eu também sei que sei de certas coisas, sei conversar, não foi ela quem também tirou nossos primos da escravatura, a gente é da parte mais índia da família, tua avó era uma cigana camaiurá, vó Maroca, no céu está, tão bem-vestida.

Linda, meu filho, que a tua irmã fica, foi do jeito que deu para eu enfeitar o vestido branco dela, festiva.

Tatatatá.

Tatatatá.

Tatatatá.

Dez anos até a publicação deste novo livro e dez anos que eu não via o aglomerado de parentes e seus gestos dementes, tomados, todos, por uma nervura peculiar. Nordestinos são bons em máscaras dolorosas. Fazem beiços, repuxam o fôlego para baixo, respiram mexendo as axilas. E suam em cima do caixão, mais do que as velas, ceras.

Abriram passagem para eu entrar. Ainda de óculos, me revistaram, discretos, da cabeça aos sapatos. Nem uso sapatos. Nunca quis usar. Meus tênis são azuis, com algumas listras em arco-íris. E vejo que alguém achou neles uma grande novidade.

O sinal da sexualidade.

Esse menino, quando vai casar? Ele, mulher, foi quem mandou pagar todo o funeral da mãe. Hoje é respeitado naquilo que faz. Tem leitores e fãs. Sabe aquele prêmio? Pois ganhou.

Estava uma santa.

O cabelo grisalho com uma pétala, ali, dormindo entre os fios. Toquei nas suas mãos, dobradas. O choro aumentou à minha volta. O Nordeste é muito solidário. Dentro de mim, um silêncio trevoso. Descompassado. Cadê as palavras dela, minha mãe muda, dura e descansada? A quem eu nunca mais ouvirei, senão na memória o ruído de sua fala, o jeito de sua reza, as broncas líricas, os sonetos em sua voz, os gritos eram poesia pura.

No seu novo livro, o senhor dá algumas alfinetadas no mundo literário, conta causos, traz revelações de bastidores, como é mesmo aquela frase atribuída a Saramago?

Minha mãe estava parecendo José Saramago. Mas um Saramago mais sorridente, quando ele beija a fronte de sua mulher, Pilar.

Eu gosto mesmo é da língua portuguesa.

Mas tem aquele conto sobre os indígenas.

Aquele conto, não, por favor, aquele ensaio, é melhor que se diga. É um ensaio sobre os indígenas.

Não seria incorreto colocar-se, o senhor, um homem branco, no lugar dos indígenas?

Tatatatá.

Tatatatá.

Tatatatá.

A roupa de brim para Fabiano.

Sinhá Vitória enfronhada no vestido vermelho de ramagens. Os meninos estreavam calça e paletó, em casa sempre usavam camisinhas de riscado ou andavam nus.

Macabéa deveria ter ficado no sertão de Alagoas com vestido de chita e sem nenhuma datilografia.

Antônio Conselheiro era uma lenda arrepiadora.

Ali, a sua fisionomia estranha: face morta, rígida como uma máscara, sem olhar e sem risos; pálpebras descidas dentro de órbitas profundas; e o seu entrajar singularíssimo; e o seu aspecto repugnante, de desenterrado, dentro do camisolão comprido, feito uma mortalha preta; e os longos cabelos corredios e poentos caindo pelos ombros, emaranhando-se nos pelos duros da barba descuidada, que descia até a cintura — aferroaram a curiosidade geral.

Saí e fui catar papel. Não conversei com ninguém. Encontrei com o fiscal da prefeitura que brinca com a Vera dizendo que ela é sua namorada. E deu-lhe um cruzeiro e pediu-lhe um abraço.

Penetrou um espinho no meu pé e eu parei para retirá-lo. Depois amarrei um pano no pé. Catei uns tomates e vim para casa. Agora eu estou disposta. Parece que trocaram as peças do meu corpo. Só a minha alma está triste.

Bernarda deixou a toalha em cima da cama e disse que iria fazer um café. Tirei a camisa azul, e é preferível que nunca mais a use, aquela roupa que traz, nos poros do tecido, o peso da morte de quem amamos.

Os cemitérios, no Recife, são também muito poluídos. O vento, durante os enterros a céu aberto, traz areia e pó assassino. Entro no chuveiro e a água sai muito fria. Nu, me reconheço ainda mais triste. No entanto, mais calmo.

Bernarda não teve filhos e vive agora com uma companheira, depois de velha ela me falou que a vida, com tamanha calma, resolveu lhe mostrar outros caminhos, aquele marido, ainda bem, foi uma ilusão perdida. O passado é uma roupa que não nos serve mais. Quem cantou isso?

No outro dia fomos à casa de nossa mãe, onde ela viveu sozinha, na companhia de uma menina pobre, moradora de Chão de Estrelas.

Alguns jornalistas têm me ligado para falar sobre os ensaios.

Um grupo de teatro já quer os direitos autorais. O seu livro me lembrou uma composição, uma teoria musical, uma defesa apaixonada da filosofia. Veio me dizer um dos atores da Modesta Companhia.

Eu andei lendo os ensinamentos de Michael Chekhov. Cada arte esforça-se constantemente para assemelhar-se à música.

O que eu escrevo é música, mas em decomposição.

Não venham dizer que escrevo histórias. Ou mesmo que escrevo memórias. Monólogos. Não é nada disso. Meus personagens não são travestis, garotos, negros, favelados, caciques, canários, gigolôs, garçons, pterossauros.

Meus personagens são as palavras. Eu costuro as palavras. Em permanente desalinhavo. É isso.

Tatatatá.

Tatatatá.

Tatatatá.

Voltei a São Paulo depois de duas semanas e Misael veio me pegar no aeroporto e voltamos para o apartamento. Contei-lhe que, de minha mãe, fiquei com algumas fotografias, um Coração de Jesus, trouxe de lá uma imagem de Santa Catarina de Alexandria.

A máquina de costura viria, de caminhão, dali a uns vinte dias. O que fazer com ela? Ora, a gente deixa na sala, logo na entrada, é uma peça que não mais se fabrica, hoje tudo se compra pronto, um objeto tão lindo assim.

Por que seu livro demorou dez anos para sair? Essa é a pergunta que mais me fazem. Ou o que mais me dizem: não estou encontrando seu livro nas livrarias.

Tatatatá.
Tatatatá.
Tatatatá.

Cadê a carabina, tu deve ter vindo, pois, de uma guerra, na surdina, de uma guerrilha de serrotes, como pode, não vejo jeito, fosse um seminarista, crescesse para ser médico de bicho, não seria esse arruaceiro, ô, demônio, se aquieta, Antônio, é a última vez que te digo, vou te fazer o serviço, nesta minha máquina, parece que tu gosta é desse barulho de costura, gosta é de ficar aqui, comigo, rasga o cerzido para ficar de ouvido no som do meu trabalho, isso não dá futuro, está me entendendo?, isso não dá futuro, Antônio, eu juro, na próxima, se tu vier de novo com esse fundo da calça assim, em frangalhos, eu não costuro, tu que se vire, besta danado, eu não costuro.

Sentei-me à beira da máquina de costura e movimentei a roda de mão e pus os meus pés no pedal e o mesmo som, tão desigual, por dentro do apartamento, deu vida àquele móvel que, se eu deixar, se depender de Misael, virará apenas um objeto de decoração.

O que eu gostava, e descobri ali, alavancando as engrenagens, mexendo na caixa de bobina, na ausência da mulher que trabalhava, incansável, entre carretéis e linhas. O que eu gostava não era do seu ziguezagueado e do desalento em mexer, corpulenta, a minha calça de escola, destruída, o uniforme disforme, que eu trazia para infinito franzido e enredamento, menino, tu, desgraça, tá mais para um tatu, saído esfolado do fundo da terra, tão sujo igual carvão, piolho-de-cobra, do mesmo modo que uma unha-de-gato.

O que eu gostava, e a saudade agora me diz alto, da minha mãe, costureira, era de seu palavreado, entre minhas lágrimas de agora, e eu menino, cabisbaixo, em silêncio maravilhado, ouvindo meus livros, futuros, que eu escreveria, a partir daquela sua fala, em movimento.

Tatatatá.
Tatatatá.
Tatatatá.

Não é de hoje, faz tempo.

ENSAIO SOBRE A EDUCAÇÃO

O apresentador deu boas-vindas à professora Nathália Negromonte. Assoletrou o nome, pausado. Em reverência, triunfante. Da mesmíssima forma que dizia, para as câmeras, e para o público em casa, o nome de um amaciante. A marca de um desodorante. De um banco popular de empréstimos.

Nathália Negromonte merecia todas as homenagens, é certo.

A professora chegou ao palco. Vestida feito uma professora em sala. Saia cor de giz, uma blusa azul-marinho. Um suéter para o frio. E o estúdio tinha luzes quentes. A professora, a principal atração. O público a recebeu como quem recebe uma mãe. As palmas eram fraternas. Mãos e braços e pernas. Decorados antes, nos ensaios.

Bem-vinda, superbem-vinda.

É muita emoção, demais.

Negromonte é de uma escola pública, de um morro ali perto. E faz um notável trabalho. Na fronteira de uma guerra, sempre ensina às crianças como as crianças devem ser ensinadas: com afeto, respeito, tranquilidade.

Que bom que você aceitou o nosso convite.

A cada palavra do apresentador, uma imagem de olé era formada. A plateia estava, de fato, rendida.

A senhora sabe por que está aqui, não é?

Acho que sim.

Nathália não tinha certeza. Seria, ao que parece, sabatinada por uns estudantes. Escolhidos em escolas do Brasil inteiro. O programa continha uma representação social expressiva. Palmas, Boa Vista, Santarém, sertão do Ceará, uma cidade lá da Paraíba.

Logo em seguida, foi anunciado, sem perda de tempo, o nome de cada aluno e aluna. Os adolescentes entraram debaixo de mais palmas. E sorrisos e acenos. Pululavam bolhas de sabão na tela da televisão. Os efeitos eram coloridos. Capricharam bem na edição.

A professora ficou no centro. E os estudantes, eufóricos, como se preparados para um *game*, ao redor dela, cada um com uma prancheta. Seria, de fato, uma roda viva. Feito aquele outro programa. Embora não fosse uma roda cheia. Mais uma meia-lua. Uma arena mais modesta em sua função de arena.

O apresentador tinha a expressão de um leão.

Anunciou o nome do quadro e rufaram os sons mais variados. Com vocês, vamos começar a Gincana do Conhecimento.

Estrelas pipocavam na tela. Seriam balas perdidas? Um vídeo, logo depois, mostrou um pouco do trabalho de Nathália Negromonte. Ela salva vidas. Senhoras e senhores, essa mulher salva vidas. Empunha o giz e escreve uma nova história.

Gostou da frase e a repetiu três vezes. Empunha o giz e escreve uma nova história. Empunha o giz e escreve uma nova história. Empunha o giz. E escreve. Uma nova história.

A educação brasileira não está mesmo morta.

Também gostou dessa frase.

Agora a ideia eram os estudantes, ali, cada um começaria a fazer uma pergunta. A professora teria de acertar pelo menos três para ganhar uma biblioteca. Atenção: isso mesmo, uma biblioteca. Na escola dela, amigos e amigas, sabe quem é a biblioteca? A própria professora é uma biblioteca.

O apresentador deve ter sido um bom aluno. Porque gostava cada vez mais da redação que lia. A própria professora é uma biblioteca. Duas vezes mais repetiu, glorioso, o texto. Mas agora vamos dar a ela uma biblioteca física. Para isso, ela só precisará, senhoras e senhores, responder às perguntas desses alunos e alunas que escolhemos de escolas públicas, espalhadas por este imenso país.

Sem esquecer, é bom que se esclareça, que toda fala do apresentador era recebida com algazarra. A plateia era uma torcida organizada. A plateia valorizava o ensino democrático. O ensino que amplia nosso vocabulário, nossa visão de mundo.

A professora não teve, até aquele instante, muita oportunidade de falar. Até tentava, mas ali ela estava mais para escutar, calar fundo. Ela estava ali para que a fizessem chorar. E era bom, para o público em casa, é certo, ouvi-la pouco. Esse era o grande gancho emocional. Uma hora Nathália Negromonte vai desabar. Vai agradecer à família dela. Vai dizer por que escolheu essa tarefa desigual. Essa profissão tão pobre. Sacrificada e arriscada. Explicar como se pode devotar tanto amor a uma causa.

E ela só precisa acertar três das cinco perguntas para ganhar uma biblioteca. Cheia de estantes e de livros. Menos de poeira. O apresentador achou graça na própria piada. Sem humor ninguém absorve nada. A televisão precisa desses *insights*.

Vamos lá.

Muitas surpresas aguardam essa professora, guerreira. Essa brasileira genuinamente brasileira.

Você, Jonathan da Silva, de onde veio? De Palmas, Tocantins. Palmas para Palmas. E o apresentador mais uma vez riu. E as palmas nunca foram tantas palmas.

Vamos logo à primeira pergunta. Que pergunta você, Jonathan, preparou para a professora Nathália Negromonte? Olhe lá, hein? Está valendo uma biblioteca. Vamos ajudar.

Atenção, senhoras e senhores.

Qual o coletivo de artistas?

Coletivo de artistas? Nossa, Jonathan, que pergunta mais esquisita você fez para a professora. Esse menino de Palmas não está para brincadeira. O que acha, professora?

Nathália baixou a cabeça, não sabia se sorria ou se pensava. Eu acho que eu sei. Eu tenho um palpite. Mas não fale agora. Quais as opções, Jonathan? E Jonathan, coçando o nariz, feliz, foi falando rápido. Era um verdadeiro recreio aquele programa. Era muito legal. Não era chato igual aos programas a que o pai dele assistia.

Letra A: coletivo de artistas é rebanho.

Rebanho.

Letra B: coletivo de artistas é bando.

Bando.

Letra C: coletivo de artistas é elenco.

Elenco.

E agora, professora?

E agora, senhoras e senhores? Façam as suas apostas. Em casa, nas redes sociais. Valendo uma biblioteca. Uma biblioteca novinha. Nós estamos ajudando a educação brasileira.

E aí, tem alguma ideia?

A professora até interpretou que não sabia. Bando? Rebanho? Claro que é elenco.

Tem certeza?

Está certa desta resposta?

Elenco.

A plateia já foi aplaudindo. Urrando. E estava certa a resposta. E vamos à segunda pergunta. E foram.

O programa não poderia parar. A audiência estava além das expectativas. O que comprovava que educação é assunto de que todo mundo gosta. Todo mundo nesta terra teve uma professora na vida. Pelo menos é o que se almeja, que todo menino e toda menina tenha tido uma professora na vida.

Quem escreveu *Morte e vida Severina*?

Ih! Literatura derruba a audiência. Mas não derruba uma professora. O apresentador fez questão de salientar que as perguntas foram feitas pelos próprios estudantes. Aquele, de Campina Grande, na Paraíba, pegou pesado. Os nordestinos são, de fato, muito ousados e inteligentes.

Letra A: Machado de Assis.

Letra B: Rachel de Queiroz.

Letra C: João Cabral de Melo Neto.

A plateia deu sinal de desanimar. Não era uma pergunta fácil. E literatura, quem gosta dessa matéria? Quem sabe o que é?

O destino de uma biblioteca estava nas mãos de Nathália Negromonte. O apresentador chamou os comerciais. A audiência, a audiência. Era bom que a professora bebesse uma água. E que os alunos tirassem *selfies*. Veio alguém retocar a maquiagem da professora. Que tratamento para uma professora! A televisão era mesmo um outro mundo. O apresentador só fazia rir. Perguntou, quase murmurando, se estava tudo bem com a mestra. O certo é mestre ou mestra? A professora não teve tempo de responder. Dez segundos para a volta, ao vivo, do programa.

Estamos aqui com a professora Nathália Negromonte. Repetiu, para quem ligou agora a TV, toda a história. E ressaltou: está valendo uma biblioteca. Bem que a comunidade poderia dar para a biblioteca o nome de Nathália Negromonte.

É muita emoção, senhores e senhoras.

E agora? Letra A, letra B ou letra C?

João Cabral de Melo Neto.

Tem certeza?

Olha lá, valendo uma biblioteca.

João Cabral de Melo Neto.

Letra C, sustentou a mestra.

O apresentador contou até três. Silêncio. O aluno de Campina Grande confirmou a resposta que faltava. Está certo, sim, está certo. Quem escreveu *Morte e vida Severina* foi João Cabral de Melo Neto.

E a edição caprichou nos explosivos. Era tudo festa. Se a professora acertar a próxima pergunta já garante o prêmio.

Uma bi-bli-o-te-ca.

Foi aí que o apresentador teve mais um *insight*. Que a professora escolhesse o estudante. O quê? Qual dos três faria a pergunta que poderia ser a última, decisiva? Você quer a aluna de Boa Vista? A aluna do Crato? Ou quer o estudante de Santarém? Responda, professora. Quem?

De Santarém.

Tem certeza?

Sim, de Santarém. E onde fica Santarém?

Antes de o estudante responder à pergunta do apresentador, o apresentador resolveu, de improviso, desafiar a ilustre convidada. Onde fica Santarém? E ela, sem titubear, quase rindo solta, respondeu que fica no Pará. Mas essa professora sabe mesmo de tudo. É que eu sou de lá do Pará. Não acredito? Sou de lá. Por isso, então, é claro, a produção escolheu esse estudante do Pará. Temos aqui, amigos telespectadores, um estudante de Santarém. Qual o seu nome, meu querido? Denilson. Denilson, olhe lá, não vá fazer perguntar difícil. Nada de literatura. Que tal culinária, hein? Fiquei sabendo, por exemplo, que a professora Nathália gosta de fazer doces. É verdade, Nathália? A professora responde que faz bem pudim. Palmas e palmas. Isso é maravilhoso! A professora sabe fazer um pudim como ninguém. Vamos lá, amiguinho de Santarém. Sem mais demora. Sem embromação.

É com você a próxima questão.

Em que ano nasceu Ayrton Senna?

O quê?

A professora fechou os olhos. Como quem, na escola, ouve o retorno, violento, de um tiroteio. E abriu os olhos sem demora, igualzinho àquela hora em que a professora recolhe a criançada para a sala mais fechada, longe do perigo. A pergunta veio, Cristo, como um verdadeiro tiro.

O apresentador aproveita o clima inseguro para exaltar a trajetória do campeão da Fórmula I. E para segurar a audiência até. Senna é sempre um sucesso, é ou não é? Pois é.

Em que ano ele nasceu?

A: 1959?

B: 1960?

C: 1963?

A sua resposta está valendo a inauguração da sua própria biblioteca, a sua biblioteca, a Biblioteca Nathália Negromonte. Pergunta muito arriscada essa. Está muito difícil. E repetiu: cada aluno, amigos e amigas de casa, foi quem escolheu a pergunta que iria fazer. Nós, do programa, não tivemos nada a ver, acreditem, nada a ver com isto.

Professora Nathália Negromonte, em que ano nasceu nosso grande campeão mundial, Ayrton Senna? 1959? 1960? 1963?

Tensão.

Eu acho, professora, que 1959 não é. O que acha? A professora concordou, sem graça. Então Senna teria nascido em 60 ou 63. Qual a opinião da plateia? E você, na internet? Dá um Google que você acha. Mas aqui não vale Google. Será que seria 1959? Duvido. Denilson, que pergunta mais casca de banana. E olhe que você é do Pará. Você veio aqui, direto do Pará, para parar tudo, foi? O apresentador riu mais uma vez da própria frase. Isso é bacana para a dinâmica do programa. Esse jeito talentoso de construir uma frase.

E aí?

Eu não sei, não sei. Não tenho a mínima ideia. Eu não assistia às corridas. Aos domingos, eu descansava, aérea.

O auditório silencioso. Uma grande pausa.

Então, sendo assim, vamos ter de pular para o momento ainda mais tenso da Gincana do Conhecimento. Temos sempre esse instante de descontração. Uma brincadeira. Quase uma recreação, professora. Não leve a mal. É só para mostrar para o Brasil inteiro que a educação é também um jogo. Um grande jogo. Está em dúvida, querida professora? Tem certeza? Rufem os tambores. Abram a porta. E tragam a torta. Tragam a torta. O público rufa com os tambores. A assistente de palco, muito aplaudida, entra desfilando com uma torta na mão. Professora: ou a biblioteca, ou a torta? Amigos, tudo para descontrair essa guerreira que vive fazendo o seu ofício com muita luta, sempre séria. Sem tempo às vezes para um único sorriso. Ela, que é boa de fazer pudim, agora está, senhoras e senhores, entre a torta na cara e a biblioteca.

Atenção: você que chegou em casa agora, aqui é a professora Nathália Negromonte. Ela pode ganhar uma biblioteca para sua escola. Ela está em dúvida na resposta. Que pena! Ela diz que não sabe a resposta. Ela só precisa saber, senhoras e senhores, o ano em que nasceu o nosso grande campeão Ayrton Senna. Repita a pergunta, Denilson. Quem fez a pergunta foi Denilson, esse estudante, capetinha, vindo da mesma terra da professora. Isso é coisa que se faça com a professora Nathália, Denilson?

E a plateia aplaude e treme. E a plateia se agita. E os estudantes ficam de pé. O apresentador pede que todos fiquem de pé. Coloca aí, diretor, a música de Ayrton Senna para dar sorte, sei lá. Para dar uma luz. Para dar um clima. 1959, letra A. 1960, letra B. 1963, letra C.

Valendo uma torta na cara da professora, senhoras e senhores. Ou uma biblioteca novinha em folha. O que será que vai acontecer?

Os meninos e meninas estão recolhidos, unidos, dentro da sala, acuados. Têm medo, muito medo. Eles viram, não faz tempo, um coleguinha caído sem vida, na quadra. Vítima de uma bala perdida. A professora pede para que fiquem quietos, que confiem nela, que fechem os olhos, que respirem devagarzinho. Eu vou ler para vocês. Eu vou ler uma historinha para vocês. Aqui, dentro do livro, há uma historinha muito bonita. Longe das brigas, uma historinha. E perto dali, no alto da escola, o barulho de bombas. Parecem foguetes. As crianças agora têm dentro delas outro destino. As páginas passando, leves. Umas até abrem os olhos. Umas até querem adivinhar o final da história. A professora dá pausas, respira com elas, pega as palavras pela mão. Um dos meninos, no entanto, deixa de lado a imaginação e chega junto da professora para perguntar, tremendo, espremendo as pernas, querendo saber. E esse barulho, tia, o que é esse barulho, tia? O homem veio matar a gente, tia, o homem veio matar a gente, tia, o homem veio matar? A professora abraça-se ao menino.

Estrondos incessantes no ar.

ENSAIO SOBRE O TEATRO

Eu quero fazer teatro.

Pus no peito a ideia, em alguma hora, não me lembro quando, em que ano. Eu vi um cartaz na escola, há mais de uma semana, colado, convocando os interessados, nas manhãs de segunda e de quarta, os encontros começarão. Já estou atrasado.

Não sabia ainda da grande revelação. Na nossa trajetória, as coisas vêm no fluxo, o coração é quem manda a gente seguir, a história escrita está, faz tempo, talvez, em um antigo passado, ou numa paz futura. É de onde o nosso destino, de repente, insiste em surgir.

Falei para minha mãe, enquanto ela pendurava no varal os figurinos da casa, as calcinhas rendadas de minha única irmã, as bermudas de meu pai, seus aventais. Também, àquele dia, um grande tapete para tomar sol, na garantia, talvez, de nossos próximos passos.

Eu quero fazer teatro.

Minha mãe nem me olhou, a sua voz por detrás das espumas, sacolejando uma bacia funda, cheia de remendos. Isso não vai atrapalhar seu rendimento? Tem cabimento uma coisa dessas? Teatro você já faz, nas caretas que você faz, menino, sossega o facho.

Tem as aulas de educação física nos mesmos dias das aulas de teatro, mas eu detesto educação física. Minha mãe sabia o tanto que eu passava mal, correndo ao redor dos corredores, nas disputas pela bola, nas quadras de futebol. Eu não tinha fome para aquilo, eu queria, a pedido de meu espírito, sim, fazer teatro.

E o que se faz numa aula de teatro?

Fiquei calado, imaginando. Ora, se faz de tudo, menos pegar em peso, eu que sempre fui doente, anêmico, no teatro a gente aprende a simular os músculos, eu não preciso bater em ninguém. Eu só preciso inventar uma expressão. Falei qualquer coisa que deu, assim, para eu falar, de improviso, para a minha mãe me deixar ir, rumo ao novo desafio, o meu mundo.

Fale com o seu pai. Se ele permitir, por mim está permitido. E continuou a recolher os panos, rendados. Uma hora vi a camisa que ganhei de aniversário, na semana passada eu havia feito doze anos. Fui à cata de meu pai, eu do tamanho da minha vontade, cega, ele estava na sala, fazendo umas contas do comércio.

Eu quero fazer teatro.

Meu pai vendia feijão e arroz e farinha e batata, meu pai era do sertão pernambucano, e teatro, para ele, era ser palhaço de circo ou, sei lá, cachorro de filme mudo, ou, sei lá, uma mentira de matuto. Segurei firme as orelhas, fiquei olhando para o meu pai, aberta a caderneta, somadas as somas, subtraídos os empréstimos, ele ficou em silêncio, sério, sem dar ao meu desejo nenhum crédito, melhor que eu repetisse a fala, então.

Pai, eu quero fazer teatro.

E ele, na vida real dele, preocupado em saber como alimentaria os filhos. Você, quando crescer, precisa ter uma profissão, era o que sempre dizia, talvez, ali, o pensamento tenha tomado corpo. Ele parou um pouco de anotar soldos, muita gente me devendo dinheiro, era preciso pegar os caloteiros pelo gogó. Meu querido, olhe só, fale com a sua mãe que o seu pai anda, hoje, muito preocupado, está certo?

Mas eu já falei com ela.

Pois fale de novo e direito, o que ela resolver, resolvido está. E me deixou em pé, feito um bailarino sem par, não adiantava refazer a cena, melhor seria voltar ao quintal, onde minha mãe quarava lençóis imensos, brancos, as toalhas de mesa, até alguns bonés. Esfregava também botas e chinelas, aproveitaria a água para banhar o cachorro que, feliz, embaixo da pia, suava e latia.

Mãe, eu quero fazer teatro.

Não atrapalharia as aulas de português, geografia, de inglês, meu desempenho, aliás, seria outro, algo me diz, o teatro fará de mim uma outra pessoa, eu prometo que só farei papéis de rei, de homens ricos. Eu serei dono de grandes terras, salvarei o povo de alguma peste, melhorarei o meu país. A senhora terá o maior orgulho de mim. Chamará as vizinhas para irem me ver, na estreia, aplaudirão até doer as mãos, farei chorar uma multidão. Vai, me deixa, mãe, ir à escola, amanhã, falar com a professora, se eu sentir que não dará certo, desisto da carreira. Algo, ao longe, me avisa, o teatro será a luz da minha vida.

Claro que eu ainda era miúdo para dominar esse discurso, acima, mas algum sopro, sim, veio em meu socorro, minha mãe, já com o cenário pronto, todos os tecidos ventando, deixou que eu fosse dar, no dia seguinte, uma averiguada no que era. É preciso ter cautela, cuidado, eu quero é que você seja gente, entende, meu filho? Gente, gente, estudar para ser gente.

Eu subi numa pedra, comemorei, nem dormi na madrugada, esperando o outro dia acender.

Bom dia, bom dia.

Nem tomei o meu café, doido de endoidecer, algo, de fato, havia mudado já em meu primeiro contato com o desejo, sem saber de onde ele vinha, ele veio. O contato com o mistério.

Essas coisas que toda escola tem, à nossa espera, pelas salas, salões, um novo professor quando chega, um poeta e sua poesia quando aparece, pela primeira vez, a leitura de velhos versos, por nós, renascidos e inaugurados, o nascimento das flores, floridas, nos simpósios de biologia, os segredos guardados em outros planetas, quem diria, a Via Láctea.

Ah, mas você não vai desse jeito.

Minha mãe passou a ferro de engomar aquela minha camisa de aniversário. Era dia de festa ou não era? Agora, sim, pode ir, vá. O meu pai a contar, logo cedo, os prejuízos, na economia do sabão, da energia elétrica. Seja o que for, Deus há de iluminar. Boa sorte e juízo, meu querido.

Foco.

Valendo.

Atenção.

Fui finalmente à sala de teatro, um cubículo, esquecido, pertinho do campo, no fundo da quadra de esportes, quase atravessando para a outra rua. Um lugar expulso, ao que parece, da dinâmica dos estudos.

Eu quero fazer teatro.

Eu era tão feliz àquele dia, colorido.

Recordo-me da cena.

Eu quero fazer teatro.

A professora de artes me ouviu, da boca da porta, pequeno, eu era pequeno, azulado, melancólico. Abriu um sorriso o coração dela, não sei, tive a impressão de que eu a conhecia de um vasto tempo, de uma longa temporada, além, ou renascemos naquele momento, juntos, porque ela me pegou pela mão, perguntou se eu não a ajudaria a arrastar umas cadeiras, hoje, meu rapaz, teremos aulas de respiração, tratarei de avisar ao seu professor de educação física, conseguiremos a sua liberação, já tenho até uma missão para você, e me pôs imediatamente a ler uma fala, imaginária, de um espantalho, não lembro de qual peça, à minha frente, dei vida, tímida, por enquanto, a um soldadinho de chumbo, depois a um saltimbanco, creio, juro que já fui um astronauta, ali, pertinho de casa, aprendi cedo a lição.

Teatro é a escola da alma.

Para sempre, a minha salvação.

Procure seu estilo
no que você tem de pior.

Obras nas quais os contos deste livro foram originalmente publicados

Angu de sangue, Ateliê Editorial, 2000: Muribeca; Belinha.

BaléRalé, Ateliê Editorial, 2003: Homo erectus; Darluz; A volta de Carmen Miranda; Papai do céu; A sagração da primavera.

Contos negreiros, Record, 2005: Trabalhadores do Brasil; Solar dos príncipes; Linha do Tiro; Coração; Totonha.

Rasif: mar que arrebenta, Record, 2008: Da paz; Meu último Natal; Júnior; Amigo do rei.

Amar é crime, Edith, 2011; Record, 2015: União civil; Nóbrega.

Bagageiro, José Olympio, 2015: Ensaio sobre a prosa; Ensaio sobre a educação; Ensaio sobre o teatro.

A primeira edição deste livro foi impressa nas oficinas da
DISTRIBUIDORA RECORD DE SERVIÇOS DE IMPRENSA S.A.
Rua Argentina, 171, Rio de Janeiro, RJ
para a EDITORA JOSÉ OLYMPIO LTDA. em outubro de 2021.

*

90º aniversário desta Casa de livros, fundada em 29.11.1931.